# Princesa
## sob os refletores

**Obras da autora publicadas pela Editora Record:**

Avalon High
Avalon High — A coroação: a profecia de Merlin
Cabeça de vento
Sendo Nikki
Como ser popular
Ela foi até o fim
A garota americana
Quase pronta
O garoto da casa ao lado
Garoto encontra garota
Todo garoto tem
Ídolo teen
Pegando fogo!
A rainha da fofoca
A rainha da fofoca em Nova York
A rainha da fofoca: Fisgada
Sorte ou azar?
Tamanho 42 não é gorda
Tamanho 44 também não é gorda
Tamanho não importa
Liberte meu coração
Insaciável

### *Série* O Diário da Princesa
O diário da princesa
Princesa sob os refletores
Princesa apaixonada
Princesa à espera
Princesa de rosa-shocking
Princesa em treinamento
Princesa na balada
Princesa no limite
Princesa Mia
Princesa para sempre

Lições de princesa
O presente da princesa

### *Série* A Mediadora
A terra das sombras
O arcano nove
Reunião
A hora mais sombria
Assombrado
Crepúsculo

### *Série* As leis de Allie Finkle para meninas
Dia da mudança
A garota nova
Melhores amigas para sempre?

### *Série* Desaparecidos
Quando cai o raio

# MEG CABOT

# Princesa
## sob os refletores

Tradução de
CELINA CAVALCANTE FALCK

18ª EDIÇÃO

CIP-Brasil. Catalogação-na-fonte
Sindicato Nacional dos Editores de Livros, RJ.

C116p
18ª ed.
Cabot, Meg
  Princesa sob os refletores / Meg Cabot; tradução Celina Cavalcante
  Falck — 18ª ed. — Rio de Janeiro: Galera Record, 2012.
  256p. :

  Tradução de: Princess in the spotlight
  Continuação de: O diário da princesa
  ISBN 978-85-01-06340-3

  1.Romance norte-americano. I. Falck, Celina Cavalcante. II. Título.

02-0741
CDD – 813
CDU – 820(73)-3

Título original norte-americano
PRINCESS IN THE SPOTLIGHT

Copyright © 2001 by Meggin Cabot

Todos os direitos reservados. Proibida a reprodução,
no todo ou em parte, através de quaisquer meios.

Design de capa adaptado do projeto de Ray Shappell para Harper Collins Publishers.

Este livro foi revisado segundo o novo Acordo Ortográfico da Língua Portuguesa.

Direitos exclusivos de publicação em língua portuguesa para o Brasil
adquiridos pela
EDITORA RECORD LTDA.
Rua Argentina 171 — Rio de Janeiro, RJ — 20921-380 — Tel.: 2585-2000
que se reserva a propriedade literária desta tradução

Impresso no Brasil

ISBN 978-85-01-06340-3

Seja um leitor preferencial Record.
Cadastre-se e receba informações sobre nossos
lançamentos e nossas promoções.

EDITORA AFILIADA

Atendimento e venda direta ao leitor
mdireto@record.com.br ou (21) 2585-2002

*Para meus avós,*
*Bruce e Patsy Mounsey,*
*que não se parecem nada com os avós deste livro.*

# Agradecimentos

Meus sinceros agradecimentos a Barb Cabot, Martin Chase, Bill Contardi, Sarah Davies, Laura Langlie, Abby McAden, Alison Donalty e os de sempre: Beth Ader, Jennifer Brown, Dave Walton e, principalmente, Benjamin Egnatz.

*Quando as coisas estão horríveis — simplesmente horríveis —
Concentro-me com toda força na ideia de que sou uma princesa.
Digo a mim mesma:
"Sou uma princesa."
Vocês não imaginam como isso ajuda a superar os obstáculos da vida.*

*A PRINCESINHA*
*Frances Hodgson Burnett*

# Segunda-feira, 20 de Outubro, Oito da Manhã

Vamos lá. Eu estava na cozinha, comendo meus sucrilhos, numa boa, naquela minha rotina de todas as segundas-feiras, quando de repente minha mãe saiu do banheiro com aquela expressão estranha no rosto. Estava assim toda pálida, sabe, com os cabelos meio espetados, e vestida com seu roupão felpudo em vez do quimono, o que em geral significa que está no período pré-menstrual.

Aí eu disse: "Mãe, vai um Midol aí? Porque, não leva a mal, mas você parece que está precisando de um."

Parece uma coisa perigosa de se dizer a uma mulher no período pré-menstrual, mas, peraí, ela é minha mãe, não vai me trucidar a golpes de caratê como trucidaria qualquer outra pessoa que dissesse isso a ela.

Mas ela simplesmente respondeu: "Não. Não, obrigada", numa voz confusa.

Então desconfiei de que alguma coisa realmente horrível tinha acontecido. Tipo, o Fat Louie ter engolido outra meia, ou a companhia elétrica ter cortado nossa luz outra vez porque eu havia me esquecido de tirar a conta de luz da saladeira em que mamãe vive jogando as contas.

Aí fui agarrando mamãe e perguntando: "Mamãe! Mãe, o que é que há? Qual é o problema?"

Ela sacudiu de leve a cabeça, como faz quando não entende as instruções para assar uma pizza congelada no micro-ondas. "Mia", disse, numa voz de quem está chocada mas feliz, "Mia, eu estou grávida."

Ai, meu Deus do céu. AI, MEU DEUSINHO DO CÉU!

Minha mãe vai ter um filho do meu professor de álgebra.

# Segunda-feira, 20 de Outubro, Sala de Frequência

Eu estou tentando mesmo segurar essa barra numa boa, sabe? Por que não adianta me grilar com isso.

Mas como é que eu posso NÃO ficar grilada? Minha mãe está para ser mãe solteira. MAIS UMA VEZ.

Ela devia ter aprendido de uma vez por todas, depois que nasci, e tudo mais, mas pelo visto não aprendeu.

Como se eu já não tivesse problemas suficientes. Como se minha vida já não tivesse ido por água abaixo. Eu simplesmente não sei o que mais estão esperando que eu aguente. Pelo jeito, não basta:

1. Eu ser a garota mais alta do primeiro ano.
2. Eu também ser a garota mais sem peito de todas.
3. Eu ter descoberto no mês passado que minha mãe estava namorando meu professor de álgebra
4. Eu ter descoberto, também no mês passado, que sou a única herdeira do trono de um pequeno principado europeu
5. Eu ser obrigada a receber aulas de como ser princesa da minha avó. Todos os dias!
6. Eu estar para ser apresentada oficialmente aos meus novos compatriotas em dezembro em rede de televisão nacional (em Genovia a população é de 50.000 habitantes, mas mesmo assim)
7. Eu não ter namorado.

Ah, essa não. Pelo jeito, tudo isso ainda não basta. Agora minha mãe tem que engravidar sem estar casada. OUTRA VEZ.

Obrigada, mamãe. Muitíssimo obrigada.

# Segunda-feira, 20 de Outubro, Ainda na Sala de Frequência

Mas como isso foi acontecer? Por que ela e o sr. Gianini não estavam usando anticoncepcionais? Será que alguém podia me fazer o favor de explicar isso? Que fim levou o diafragma dela? Eu sei que ela tem um. Eu o encontrei uma vez no chuveiro quando era pequena. Guardei-o e o usei como banheirinha de pássaros para a minha casinha da Barbie durante algumas semanas, até a mamãe finalmente encontrá-lo e dar sumiço nele.

E as camisinhas??? Será que gente da idade da minha mãe pensa que é imune a doenças sexualmente transmissíveis? Obviamente não são imunes à gravidez, portanto, o que é que está havendo?

Isso é mesmo típico da minha mãe. Ela não consegue nem se lembrar de comprar papel higiênico! Como vai se lembrar de usar métodos anticoncepcionais????????

# Segunda-feira, 20 de Outubro, Aula de Álgebra

Não dá pra acreditar. Realmente não dá pra acreditar numa coisa dessas.

Ela não contou a ele. Minha mãe vai ter um filho do meu professor de álgebra, e nem mesmo contou a ele!

Tenho certeza de que não contou, porque quando entrei, esta manhã, o sr. Gianini só disse o seguinte: "Ah, oi, Mia. Como é que você vai?"

Ah, oi, Mia. Como é que você vai?????

Não é o tipo de coisa que um cara diz para alguém cuja mãe vai ter um filho dele. Ele diz mais ou menos o seguinte: "Mia, com licença, será que podíamos conversar um instante?"

Aí ele leva a filha da mulher com quem cometeu essa abominável indiscrição para o corredor e cai de joelhos aos pés dela, rastejando e suplicando-lhe sua aprovação e seu perdão. É o que ele devia fazer.

Não consigo deixar de olhar para o sr. G e imaginar como será meu novo irmãozinho ou minha nova irmãzinha. Minha mãe é muito gata, como a Carmen Sandiego, só que sem a capa — mais uma prova de que sou uma anomalia biológica, já que não herdei nem a cabeleira encaracolada e negra de minha mãe, nem o busto 44, redondo e durinho dela. Então, não preciso me preocupar quanto a ela.

Mas o sr. G, eu simplesmente não sei. Não é que o sr. G não seja vistoso, eu acho. Sabe, ele é alto, tem uma cabeleira espessa (um a zero para o sr. G, já que o meu pai é careca feito um parquímetro). Mas e as narinas dele? Eu simplesmente não consigo imaginar como será esse bebê. Elas são tão... grandes.

Eu sinceramente espero que o bebê herde as narinas da minha mãe e a capacidade do sr. G para dividir frações de cabeça.

O triste disso tudo é que o sr. Gianini não tem a menor ideia do que o aguarda. Eu sentiria pena dele não fosse pelo fato de que ele é culpado. Sei que para fazer um filho é necessária a participação de duas pessoas, mas, pelo amor de Deus, mamãe é pintora. Ele é professor de álgebra.

Agora, digam-me, quem é que vai se responsabilizar?

# Segunda-feira, 20 de Outubro, Aula de Inglês

Fantástico. Simplesmente fantástico.

Como se as coisas já não estivessem bem, agora nossa professora de inglês quer que escrevamos um diário inteiro este semestre. Não estou brincando, não. Um diário. Como se eu já não escrevesse um.

E escutem só mais essa: no final de cada semana, devemos entregar nossos diários. Para a sra. Spears ler. Porque ela quer nos conhecer melhor. É para começarmos nos apresentando e fornecendo nossos respectivos dados pessoais: descrição, pai, mãe, profissão deles e tal. Depois, devemos começar a registrar nossos mais profundos pensamentos e emoções no diário.

Ela deve estar brincando. Até parece que eu vou deixar a sra. Spears tomar conhecimento dos meus mais profundos pensamentos e emoções. Eu não menciono meus mais profundos pensamentos e emoções nem à minha própria mãe! Imaginem se vou revelá-los à minha professora de inglês!

E certamente não vou poder entregar a ela *este* diário. Aqui há coisas que não quero que ninguém descubra. Por exemplo, que a minha mãe está grávida do meu professor de álgebra.

Ora, eu simplesmente vou precisar começar um novo diário. Um diário falso. Em vez de registrar minhas emoções e sentimentos mais profundos nele, vou registrar só um monte de mentiras e entregar no lugar do que deveria escrever.

Minto tão bem que duvido muito que a sra. Spears consiga descobrir.

## DIÁRIO DE INGLÊS
Mia Thermopolis

## NÃO LEIA!!!
## ESTE AVISO É PARA VOCÊ, LEITOR,
## A MENOS QUE VOCÊ SEJA A SRA. SPEARS!!!!

*Introdução*

**NOME:**
Amelia Mignonette Grimaldi Thermopolis Renaldo, apelido Mia.
Sua Alteza Real, Princesa de Genovia ou simplesmente Princesa Mia, em certos círculos.

**IDADE:**
14 anos.

**ANO:**
Primeiro

**SEXO:**
Não fiz ainda. Ah, ah, brincadeirinha, sra. Spears! Visivelmente feminino, mas a ausência de seios dá uma impressão perturbadora de androgenia.

**DESCRIÇÃO:**
Um metro e oitenta
Cabelos curtos cor de pelo de rato (com reflexos louros recentes)
Olhos cinzentos
Sapatos 40
O resto não vale a pena mencionar.

FILIAÇÃO:

Mãe:

Helen Thermopolis

Profissão:

Pintora

Pai:

Artur Christoff Phillipe Gerard Grimaldi Renaldo

Profissão:

Príncipe de Genovia

ESTADO CIVIL DOS PAIS:

Como fui fruto de uma aventura que minha mãe teve com meu pai na faculdade, eles nunca se casaram (atualmente ambos são solteiros. É provável que seja melhor assim, porque eles só sabem brigar). Um com o outro, quero dizer.

ANIMAIS DE ESTIMAÇÃO:

Um gato, chamado Fat Louie. Pardo e branco, Louie pesa onze quilos e meio, tem oito anos de idade e vem fazendo dieta há mais ou menos seis anos. Quando o Louie se aborrece com a gente, digamos, por termos nos esquecido de encher sua tigela de ração, come todas as meias que encontra largadas pela casa. Também tem atração por coisinhas brilhantes e pequenas, e possui uma coleção relativamente grande de tampinhas de garrafa de cerveja e pinças, que guarda atrás do vaso sanitário do meu banheiro, coleção essa de cuja existência ele pensa que eu nem desconfio.

MINHA MELHOR AMIGA:

Minha melhor amiga é a Lilly Moscovitz. Lilly é minha amiga desde o jardim de infância. É um barato andar com ela porque é muitíssimo inteligente e tem seu próprio programa de entrevistas na televisão, chamado *Lilly Tells It Like It Is*. Vive bolando coisas engraçadas para fazer, como roubar a escultura de espuma do Parthenon que a turma de Derivativos do Grego e do Latim fez para a Noite dos Pais e pedir um resgate de quatro quilos e meio de pacotinhos de balas Starburst de limão.

Não estou dizendo que fomos nós, sra. Spears. Estou só citando isso como um exemplo do tipo de loucura que a Lilly seria capaz de fazer.

NAMORADO:

Ah! Eu bem que gostaria de ter um.

ENDEREÇO:

Sempre morei em Nova York, com minha mãe, mas passo os verões tradicionalmente com meu pai no castelo da mãe dele na França. A residência oficial do meu pai é Genovia, um pequeno país da Europa situado no Mediterrâneo, entre a fronteira italiana e a francesa. Durante muito tempo eu acreditei que meu pai era um político importante de Genovia, como o prefeito, coisa assim. Ninguém me disse que ele era na verdade membro da família real genoviana — e que era o monarca regente, já que Genovia é um principado. Acho que ninguém jamais teria me contado, se meu pai não tivesse contraído câncer no testículo e ficado estéril, o que fez de mim, sua filha ilegítima, a única herdeira do trono que ele terá na vida. Desde que ele me contou esse segredinho ligeiramente importante (há um mês), está hospedado no Plaza Hotel aqui em Nova York, enquanto sua mãe, minha Grandmère, a princesa viúva, me ensina o que preciso saber para ser a herdeira de meu pai.

Por tudo isso eu só posso dizer: Obrigada. Muitíssimo obrigada mesmo!

E querem saber o que é realmente triste em tudo isso? É que nada do que eu registrei é mentira.

# Segunda-feira, 20 de Outubro, Hora do Almoço

Já saquei que a Lilly descobriu.

Tá legal, talvez ela não SAIBA, mas sabe que há alguma coisa errada. Quero dizer, convenhamos: ela é minha melhor amiga desde o jardim de infância. Sabe perfeitamente quando tem alguma coisa me preocupando. Nós criamos um vínculo eterno de amizade no primeiro ano primário, no dia em que o Orville Lockhead baixou as calças na nossa frente na fila para a sala de música. Eu fiquei horrorizada, porque nunca tinha visto um pênis antes. Lilly, porém, nem piscou. Ela tem irmão, sabem, portanto não foi nenhuma novidade para ela. Simplesmente olhou Orville olho no olho e disse: "Já vi maiores."

E sabem do que mais? Orville nunca mais fez aquilo.

Como podem ver, o vínculo entre mim e Lilly vai muito além da mera amizade.

Por isso, bastou ela olhar para a minha cara à mesa do almoço hoje, para dizer: "Qual é o grilo? Tem alguma coisa errada. Não foi o Louie, foi? Engoliu outra meia?"

Como se isso fosse motivo. Meu grilo é bem mais sério. Não que eu não me apavore quando o Louie engole uma meia. Quer dizer, sempre temos que correr com ele para o veterinário, e tudo mais, na mesma hora, porque senão ele pode morrer. Mil dólares depois, recebemos uma meia semidigerida como lembrança do ocorrido.

Pelo menos o gato volta a ser como era antes.

Mas isso? Mil pratas não vão resolver isso. E nada jamais vai voltar a ser como era antes.

É uma coisa tão incrivelmente constrangedora... Quer dizer, a minha mãe e o sr. Gianini terem... sabem, TRANSADO. Pior ainda, TRANSARAM sem usar nenhum método anticoncepcional. Quero dizer, fala sério. QUEM É QUE FAZ ISSO HOJE EM DIA?

Eu disse a Lilly que não havia nada errado, que era só TPM. Foi incrivelmente constrangedor admitir isso na frente do meu guarda-costas, o Lars, que estava ali sentado comendo um sanduíche de churrasco grego no pão árabe que o guarda-costas da Tina Hakim Baba, o Wahim — Tina tem guarda-costas porque o pai dela é um xeque árabe que teme que ela seja raptada por executivos de uma empresa petrolífera rival; eu tenho um porque... ora, só porque sou princesa, acho —, tinha comprado numa barraquinha diante da Ho's Deli, em frente à escola, do outro lado da rua.

A questão é que ninguém fala dos caprichos de seu ciclo menstrual na frente do seu guarda-costas...

Mas o que mais eu podia inventar?

Notei que o Lars não terminou o sanduíche. Acho que o deixei com nojo.

Será que aquele dia podia piorar ainda mais?

Mas mesmo assim a Lilly não largou o osso. Às vezes ela me lembra mesmo um daqueles cachorrinhos pug, esses buldogues-anões que a gente sempre vê as velhinhas levando para passear. Quero dizer, não só o rosto dela é pequeno e meio amassadinho (um amassadinho bonito, é claro), como também, quando ela cisma com uma coisa, simplesmente não larga mais.

Como esse assunto do almoço. Ficou insistindo: "Se a única coisa que está te incomodando é a TPM, o que tanto você escreve nesse seu diário? Pensei que estava furiosa com a sua mãe por ter lhe dado esse diário. Pensei que nunca ia usá-lo."

Isso me fez lembrar de que eu estava mesmo furiosa com a mamãe por me dar o diário. Ela me deu esse diário porque diz que eu contenho muito minha raiva e minha agressividade, e preciso desabafar de alguma forma, porque não estou em contato com minha criança interior e tenho uma falta de capacidade inerente para verbalizar meus sentimentos.

Acho que a minha mãe, na época, deve ter conversado com os pais da Lilly, que são psicanalistas.

Mas, quando descobri que era a princesa de Genovia, comecei a usar esse diário para registrar meus sentimentos com relação a esse fato, que, pensando bem, eram realmente bastante hostis.

Só que nem se comparam ao que estou sentindo agora.

Não que eu tenha ódio do sr. Gianini e da minha mãe. Quero dizer, afinal de contas, eles são adultos. Donos de seus próprios narizes. Mas será que não veem que essa é uma decisão que vai afetar não só a eles, mas todos em torno deles? Quer dizer, a Grandmère NÃO vai gostar nada quando descobrir que minha mãe vai ter OUTRO filho fora do casamento.

E o meu pai, então? Ele já teve câncer no testículo este ano. Descobrir que a mãe de sua única filha vai ter um bebê de outro homem simplesmente vai arrasá-lo. Não que ele esteja apaixonado pela minha mãe, nem nada, pelo menos, eu acho que não.

E o Fat Louie, o que vai ser dele? Como é que ele vai reagir à presença de um bebê na casa? Ele já é bem carente de afeição com o ambiente como é, considerando-se que eu sou a única pessoa que se lembra de lhe dar comida. Ele talvez tente fugir, ou resolva deixar de comer apenas meias e tente engolir o controle remoto, ou coisa assim.

Mas acho que não me importaria de ter uma irmãzinha ou um irmãozinho. Aliás, ia ser até maneiro. Se for menina, eu divido meu quarto com ela. Posso lhe dar banhos de espuma e vesti-la do jeito que Tina Hakim Baba e eu vestimos as irmãzinhas dela — e o irmãozinho também, falando disso.

Irmãozinho acho que eu não quero, não. Tina Hakim Baba me disse que os bebês do sexo masculino mijam na cara da gente quando a gente tenta trocar as fraldas deles. Nem quero imaginar isso, de tão nojento que deve ser.

A mamãe devia ter pensado nisso antes de resolver transar com o sr. Gianini.

# Segunda-feira, 20 de Outubro, Superdotados e Talentosos

Mas, afinal, como isso aconteceu, hein? Quantos encontros minha mãe teve com o sr. G., hein? Não foram muitos. Acho que uns oito. Oito encontros, e ela já dormiu com ele? E provavelmente mais de uma vez, porque mulheres de 36 anos não ficam grávidas com essa facilidade. Eu sei porque sempre que leio um exemplar da revista *New York* vejo um zilhão de anúncios de vítimas de menopausa precoce procurando doadoras de óvulos mais jovens.

Mas minha mãe, não. Ah, não. Tão jovem e fresca como uma manguinha madura, a minha mãezinha querida.

Eu devia saber, é claro. Bem que eu vi naquela manhã quando entrei na cozinha o sr. Gianini ali, de cueca samba-canção!

Andei tentando reprimir essa lembrança, mas acho que não consegui.

Além disso, será que ela parou para pensar na ingestão de ácido fólico? Aposto que não. E será que posso salientar que os brotos de alfafa podem ser mortais para um feto em formação? Temos brotos de alfafa na geladeira. Nossa geladeira é uma armadilha mortal para uma criança na barriga da mãe. Tem CERVEJA na gaveta das verduras, caramba!

Minha mãe pode achar que é uma mulher apta a ser mãe, mas tem muito a aprender. Quando eu chegar em casa pretendo mostrar-lhe um monte de informações que encontrei na Internet e imprimi.

Se ela pensa que pode colocar a saúde da minha futura irmãzinha em perigo incluindo brotos de alfafa nos sanduíches e bebendo café, essas coisas, vai ter uma tremenda surpresa.

# Ainda na Segunda-feira, 20 de Outubro, Ainda S & T

Lilly me pegou pesquisando sobre gravidez na Internet.

Ela disse: "Caramba! Tem alguma coisa que não me contou ainda sobre aquele seu encontro com o Josh Richter?"

Não gostei nem um pouquinho disso, porque ela soltou essa piada na frente do irmão dela, o Michael — sem mencionar o Lars, o Boris Pelkowski e o resto da classe. Disse isso numa voz bem alta também.

Sabe, esse tipo de coisa não aconteceria se os professores dessa escola fizessem seu trabalho e ensinassem mesmo alguma coisa de vez em quando. Porque, salvo o sr. Gianini, todos os professores daqui parecem achar perfeitamente aceitável passar um trabalhinho qualquer para a gente fazer e depois sair da sala para fumar um cigarrinho na sala dos professores.

Ainda por cima, isso deve ser proibido pelas normas sanitárias.

E a sra. Hill é a pior de todos. Quer dizer, eu sei que Superdotados e Talentosos não é uma aula pra valer. É mais uma sala de estudos para os deslocados sociais. Mas se a sra. Hill estivesse aqui de vez em quando para supervisionar as atividades, pessoas como eu, que não sou nem superdotada, nem talentosa, mas terminei aqui porque estava levando pau em álgebra e precisava estudar mais um pouquinho, talvez não vivesse sendo atormentada pelos gênios da turma.

A verdade é que a Lilly sabe muito bem que a única coisa que aconteceu no meu encontro como Josh Richter foi que eu descobri que Josh Richter estava a fim só de me usar, apenas porque sou princesa, e ele achou que podia aparecer ao meu lado na capa da *Teen Beat*. Além disso, a gente nem teve tempo de ficar juntos a sós, a não ser quando estávamos no carro, o que não conta, porque o Lars estava lá conosco, também, vigiando para ver se nenhum terrorista tipo eurolixo, estilo *A Senha*, sentiria alguma compulsão para me raptar.

Tratei de sair bem depressa do site *Você e sua gravidez* que eu estava consultando, mas não deu tempo de impedir que Lilly visse o que era. Ela insistiu: "Ai, meu Deus, Mia, por que não me contou?"

Aquilo já estava ficando constrangedor, muito embora eu tenha explicado que estava fazendo um trabalho de biologia para ajudar na nota, o que não é exatamente uma mentira, uma vez que meu parceiro, meu colega de dupla de laboratório, o Kenny Showalter, e eu nos opomos por uma questão de ética a dissecar sapos, coisa que a turma iria fazer na próxima aula — de modo que a sra. Sing disse que em vez disso eu poderia apresentar um trabalho para nota.

Acontece que o trabalho final vai ser sobre a vida das larvas do besouro tenébrio, usadas para alimentar pássaros. Só que a Lilly não tem como saber isso.

Tentei mudar de assunto perguntando a Lilly se ela sabia a verdade sobre os brotos de alfafa, mas ela ficou ali falando um monte de baboseiras sobre mim e o Josh Richter. Eu realmente não teria me importado tanto se não fosse pelo irmão dela, o Michael, estar sentado logo ali perto, escutando, em vez de trabalhar no e-zine dele, o *Crackhead*, como devia estar fazendo. Quer dizer, eu sempre tive uma forte queda por ele, sabe como é.

Mas ele nunca notou, é claro. Para ele, sou a melhor amiga da irmã mais nova dele, e só. Ele tem que me tratar bem, senão a Lilly conta a todos na escola que ela uma vez o pegou com os olhos cheios de lágrimas enquanto assistia a uma reprise de *Sétimo céu*.

Além do mais, eu sou apenas uma reles aluna do primeiro ano. Michael Moscovitz é veterano e tem a melhor média de pontuação da escola (depois da Lilly), por isso ele é orador substituto da turma. E nem herdou o gene da carinha amassada, como a irmã dele. Michael podia sair com qualquer garota da Escola Albert Einstein se quisesse.

Bom, menos as chefes de torcida. Elas só saem com atletas.

Não que o Michael não seja atlético. Quero dizer, ele não acredita nos esportes organizados, mas tem uns quadríceps excelentes. Aliás, todos os "ceps" dele são ótimos. Notei isso da última vez que ele entrou sem camisa no quarto da Lilly para gritar com a gente porque estávamos gritando obscenidades alto demais durante um vídeo da Christina Aguilera.

Por isso não gostei nada daquele negócio de a Lilly ficar falando sobre minha possível gravidez bem na frente do irmão dela.

**CINCO PRINCIPAIS MOTIVOS PELOS QUAIS É DIFÍCIL SER A MELHOR AMIGA DE UMA GÊNIA DE CARTEIRINHA**

1. Ela usa um vocabulário complicado demais para mim.
2. Costuma ser incapaz de admitir que eu talvez possa dar uma contribuição significativa a qualquer conversa ou atividade.
3. Quando em grupo, ela tem problemas para abrir mão do controle da situação.

4. Ao contrário das pessoas normais, ao resolver um problema, não parte de A e chega a B, mas vai logo de A a D, tornando difícil para nós, formas inferiores de vida humana, acompanhar seu raciocínio.
5. Não se pode contar nada a ela sem que ela analise a coisa de cabo a rabo.

**DEVER DE CASA**

Álgebra: problemas da pág. 133
Inglês: escrever uma breve história da família
Civilizações Mundiais: encontrar um exemplo de estereótipo negativo dos árabes (cinema, televisão, literatura) e apresentar com redação explicativa
S&T: Não tem
Francês: ecrivez une vignette parisiene
Biologia: sistema reprodutor (pegar as respostas com o Kenny)

# DIÁRIO DE INGLÊS

## *História da Minha Família*

Os ancestrais paternos da minha família remontam ao ano de 568 d.C. Foi nesse ano que um chefe militar visigodo chamado Albion, que parecia sofrer do que hoje em dia se poderia chamar de distúrbio de personalidade autoritária, matou o rei da Itália e um monte de outras pessoas e usurpou o trono. Depois que se tornou rei, decidiu se casar com Rosagunde, a filha de um dos generais do antigo rei.

Só que a Rosagunde não gostou muito do Albion depois que ele a obrigou a beber vinho no crânio do pai dela, de forma que se vingou dele na noite do casamento estrangulando-o com suas tranças, enquanto ele dormia.

Morto Albion, o filho do ex-rei da Itália não tardou a assumir o trono. Sentiu tal gratidão pela façanha de Rosagunde que a tornou princesa de uma região que hoje é conhecida como o país de Genovia. De acordo com os únicos relatos existentes sobre a época, Rosagunde foi uma governante clemente e atenciosa. É minha bisavó umas sessenta vezes. É um dos principais motivos pelos quais a Genovia de hoje tem um dos menores índices de analfabetismo, mortalidade infantil e desemprego de toda a Europa: Rosagunde implementou um sistema altamente sofisticado (para a época dela) de equilíbrio de poderes e acabou de vez com a pena de morte.

Os Thermopolis, do lado materno da minha família, foram pastores de cabras na ilha de Creta até 1904, quando Dionysius Thermopolis, o bisavô da mamãe, se encheu daquilo e fugiu para a América. Acabou se instalando em Versailles, Indiana, onde abriu uma loja de ferramentas. Seus descendentes vêm trabalhando na loja de ferragens Handy Dandy, em Versailles, Indiana, na praça do fórum, desde aquela época. Minha mãe diz que teria sido criada de uma forma muito menos repressiva, e, diga-se de passagem, bem mais liberal, lá em Creta.

## *Sugestão de Dieta Diária para Gravidez*

- Duas a quatro porções de proteína, que podem ser de carne de boi, peixe, carne de frango, queijo, tofu, ovos ou combinações de nozes, grãos, feijões e derivados do leite.
- Um litro de leite (integral, desnatado, magro) ou equivalentes do leite (queijo, iogurte, queijo *cottage*).
- Um ou dois alimentos ricos em vitamina C: batatas, *grapefruit*, laranja, melão, pimentão verde, repolho, morango, frutas em geral, suco de laranja.
- Uma fruta ou legume amarelo ou cor de laranja.
- Quatro a cinco fatias de pão integral, panquecas, *tortillas*, pão árabe, broa de milho ou uma porção de cereais integrais ou massa integral. Usar germe de trigo e levedo de cerveja para fortificar outros alimentos.
- Manteiga, margarina reforçada com vitaminas, óleo vegetal.
- Seis a oito copos de líquidos: sucos de frutas e vegetais, água e chás de ervas. Evitar sucos adoçados com açúcar e refrigerantes, álcool e cafeína.
- Lanche: frutas secas, nozes, sementes de abóbora e girassol, pipoca.

Mamãe não vai gostar nada disso. Se a dieta não incluir litros de molho inglês, à base de soja, do Number One Noodle Son, ela nem vai se interessar.

## COISAS A FAZER ANTES DE A MAMÃE VOLTAR

Jogar Fora:
Heineken
Xerez para culinária
Brotos de alfafa
Café torrado colombiano
Gotas de chocolate
Salame
Não esquecer a garrafa
de Absolut no congelador!

Comprar:
Multivitaminas
Frutas frescas
Germe de trigo
Iogurte

# Segunda-Feira, 20 de Outubro, Depois das Aulas

Exatamente quando pensei que não dava para piorar, de repente, sujou geral.

Grandmère telefonou.

Não é justo. Pensei que ela estivesse em Baden-Baden para um relax legal. Eu estava louquinha para ter umas férias daquelas sessões de tortura dela — também conhecidas como lições de como ser princesa, às quais meu pai, o déspota, exige que eu compareça. Sabe, eu precisava dar um tempo, também. Será que eles pensam mesmo que alguém em Genovia realmente está aí se eu sei como usar um garfo para peixe? Ou se consigo me sentar sem amassar a parte de trás da saia? Ou se eu sei como dizer obrigado em suaíli? Será que meus futuros compatriotas não estariam mais preocupados com minhas opiniões sobre o meio ambiente? E o controle dos armamentos? E o controle da natalidade?

Porém, de acordo com Grandmère, os habitantes de Genovia não se preocupam com nada disso. Só querem que eu não dê vexame e os deixe mal em nenhum jantar de cerimônia.

Até parece. Deviam estar preocupados era com Grandmère. Quero dizer, não fui *eu* quem mandou fazer maquilagem definitiva nas pálpebras. Não visto *meu* animalzinho de estimação com boleros de chinchila. Nunca fui amiga íntima do Richard Nixon.

Mas, ah, não, é *comigo* que todo mundo deve se preocupar. Como se *eu* pudesse cometer alguma gafe imperdoável na minha apresentação ao povo de Genovia em dezembro.

Me aguardem.

Mas voltemos à vaca fria. Acontece que ela não foi, afinal de contas, por causa da greve dos carregadores de bagagens de Baden-Baden.

Gostaria muito de conhecer o presidente do sindicato dos carregadores de bagagens de Baden-Baden. Porque, se eu o conhecesse, não hesitaria em lhe oferecer os cem dólares por dia que meu pai anda doando no meu nome ao Greenpeace para que eu desempenhe meus deveres como princesa de Genovia, simplesmente para que ele e os outros carregadores de bagagens voltassem ao trabalho e tirassem Grandmère do meu pé durante algum tempo.

Ora, acontece que Grandmère deixou um recado apavorante na minha secretária eletrônica. Disse que tem uma "surpresa" para mim, que espera que eu ligue imediatamente para ela.

Imagino qual possa ser a tal surpresa. Conhecendo Grandmère, deve ser alguma coisa absolutamente horrível, como um casaco feito com pele de filhotes de poodle.

E olha que ela bem que seria capaz disso.

Vou fingir que não recebi o recado.

## Mais Tarde, na Segunda-feira

Acabei de sair do telefone depois de falar com Grandmère. Ela queria saber por que eu não tinha respondido à ligação anterior. Eu lhe disse que não tinha recebido o recado.

Por que eu minto tanto assim? Caramba, não consigo dizer a verdade nem mesmo sobre as menores coisas! E ainda dizem que sou princesa! Que tipo de princesa fica por aí mentindo o tempo todo?

Bom, para encurtar a história, Grandmère diz que vai mandar uma limusine me pegar. Ela e o papai vão jantar na suíte dela, no Plaza. Grandmère diz que vai me contar qual é a surpresa durante o jantar.

Contar. Não me mostrar. Isso elimina, espero, o tal casaco de pele de filhotes.

Acho que é melhor mesmo jantar com Grandmère hoje à noite. Mamãe convidou o sr. Gianini para vir ao nosso *loft* hoje para poderem "conversar". Ela não está muito satisfeita por eu ter jogado fora o café e a cerveja (eu não joguei fora, na verdade, dei tudo à nossa vizinha Ronnie). Agora mamãe está batendo os pés pela casa e reclamando que não tem nada para oferecer ao sr. G quando ele chegar.

Eu lhe disse que foi para o bem dela, e que se o sr. Gianini for mesmo um cavalheiro vai abrir mão da cerveja e do café também, para apoiá-la durante esse período. Sei que esperaria que o pai do meu bebê ainda não nascido me fizesse essa gentileza.

Isto é, no caso improvável de eu algum dia vir a transar com alguém.

# Segunda-feira, 20 de Outubro, Onze da Noite

Foi mesmo uma surpresa daquelas.

Alguém precisa realmente dizer a Grandmère que surpresas normalmente devem ser agradáveis. Não há nada de agradável no fato de ela ter conseguido arrumar à força de muita insistência uma entrevista em horário nobre para mim com Beverly Bellerieve no *Twenty Four/Seven*.

Não me importo se é o programa de televisão mais conceituado dos Estados Unidos. Disse a Grandmère um milhão de vezes que não quero nem que tirem minha foto, muito menos aparecer na tevê. Quero dizer, já é bem ruim todos que eu conheço saberem que pareço um cotonete ambulante, com essa minha ausência de seios e meu cabelo em forma de triângulo. Não preciso que o país inteiro descubra isso.

Mas agora Grandmère diz que é meu dever como membro de uma família real genoviana. E dessa vez ela conseguiu convencer papai a ficar do lado dela. Ele só dizia: "Sua avó está certa, Mia."

Daí que vou passar a tarde do próximo sábado sendo entrevistada pela Beverly Bellerieve.

Eu disse a Grandmère que considerava a entrevista uma péssima ideia. Disse-lhe que não estava pronta para nada desse nível ainda. Disse que talvez devêssemos começar por baixo, e pedir a Carson Daly ou alguém desse tipo que me entrevistasse.

Mas Grandmère não embarcou na minha. Eu nunca conheci

ninguém que precisasse tanto de uma temporada em Baden-Baden para dar um tempinho no estresse. Grandmère parece tão relaxada quanto o Fat Louie depois de o veterinário enfiar o termômetro "naquele lugar" para tomar a temperatura dele.

Naturalmente, isso pode ter alguma ligação com o fato de que Grandmère raspa as sobrancelhas e desenha novas no lugar todas as manhãs. Não me pergunte por quê. Ela tem sobrancelhas perfeitas. Eu vi os toquinhos dos pelos. Mas ultimamente venho notando que ela está desenhando as sobrancelhas cada vez mais alto, o que lhe dá uma aparência permanente de surpresa. Acho que é por causa das cirurgias plásticas. Se não tomar cuidado, algum dia as pálpebras dela vão estar lá perto dos lobos frontais.

E meu pai não ajudou nada. Ficou fazendo um monte de perguntas sobre Beverly Bellerieve, se era verdade que ela foi Miss Estados Unidos em 1991 e se Grandmère sabia se ela (Beverly) ainda estava saindo com o Ted Turner ou o namoro tinha terminado.

Juro, para um cara que tem um testículo só, meu pai passa mesmo muito tempo pensando em sexo.

Discutimos a entrevista durante todo o jantar. Por exemplo, seria melhor eles filmarem tudo ali no hotel ou no nosso *loft*? Se eles filmassem no hotel, as pessoas teriam uma falsa impressão sobre meu estilo de vida. Mas, se filmassem no nosso *loft*, Grandmère insistiu, as pessoas ficariam horrorizadas com a miséria no meio da qual minha mãe havia me criado.

Que injustiça! O nosso *loft* não dá ideia de miséria. Só não parece vitrine de loja de decorações. Tem aquele ar gostoso de lugar bacana e habitado.

"Lugar cafona e abandonado, você quer dizer", disse Grandmère, corrigindo-me. Mas não é verdade, porque faz bem pouco tempo eu passei Lemon Pledge na casa inteira.

"Com aquele animal morando lá, não sei como pode manter esse lugar limpo de verdade", disse Grandmère.

Fat Louie, porém, não tem culpa da sujeira. O pó, como todos sabem, é 95% constituído por tecido dérmico humano.

A única coisa boa que posso encontrar em tudo isso é que pelo menos a equipe de filmagem não vai me seguir até a escola, nem nada parecido. Pelo menos fiquei aliviada com isso. Já pensou se eles me filmassem sendo torturada pela Lana Weinberger durante a aula de álgebra? Ela certamente ia começar a sacudir seus pompons de torcida na minha cara, ou coisa assim, só para mostrar aos produtores a repressora que eu era às vezes. Gente do país inteiro diria: Que é que há com essa menina? Por que ela não é autoconsciente?

E a aula de S & T, então? Além de não haver supervisão de professor algum nessa aula, tem aquele negócio de trancarmos o Boris Pelkowski no almoxarifado para não termos que ouvi-lo praticar os exercícios de violino. Isso com certeza é uma infração das normas de segurança para utilização de materiais perigosos.

Bom, para encurtar a conversa, enquanto ficamos discutindo a entrevista, o tempo todo uma parte do meu cérebro pensava: *Agora neste exato momento, enquanto estamos aqui discutindo sobre essa entrevista, a 57 quarteirões de distância, minha mãe está anunciando ao namorado dela — meu professor de álgebra — que está grávida de um filho dele.*

O que o sr. G diria? Não podia deixar de imaginar. Se expressasse alguma coisa que não fosse alegria, eu ia mandar o Lars pegar ele de jeito, ah, ia, sim. Lars ia dar uma surra daquelas no sr. G para mim, sem nem me cobrar muito por isso. Ele tem três ex-esposas às quais paga pensão, de forma que sempre está precisando aí de dez pratas extras, que é tudo que posso pagar por um capanga.

Eu realmente estou precisando de uma mesada mais alta, quer dizer, quem já ouviu falar de uma princesa que ganha só dez dólares por semana? Isso não dá nem para pagar uma entrada de cinema.

Ora, até dá, mas não dá pra comprar pipoca.

Só que agora que voltei ao *loft*, não sei dizer se vou precisar que o Lars espanque o meu professor de álgebra ou não. O sr. G e a mamãe estão conversando aos cochichos no quarto dela.

Não consigo ouvir nada do que está se passando lá, nem mesmo quando encosto o ouvido na porta.

Espero que o sr. G encare a coisa numa boa. É o cara mais legal que a mamãe já namorou, apesar de quase ter me reprovado. Não sei se ele vai fazer alguma burrice, como abandoná-la ou tentar processá-la para ficar com a guarda da criança.

Como ele é homem, nunca se sabe.

Engraçado, porque enquanto estou escrevendo isso, chegou uma mensagem instantânea pelo computador. É do Michael! Ele está dizendo:

CRACKING: Que é que você tinha na escola hoje? Parecia que estava com a cabeça na lua ou coisa parecida.

Respondi:

FTLOUIE: Não faço a menor ideia do que está falando. Não tem nada errado comigo. Estou ótima.

Sou uma tremenda mentirosa mesmo.

CRACKING: Ora, tive a impressão de que não ouviu uma palavra do que eu disse sobre inclinações negativas.

Desde que eu descobri que o meu destino é governar um principadozinho europeu um dia, ando tentando com todo o empenho entender álgebra, porque um dia vou precisar calcular o orçamento de Genovia, essas coisas. Então vou ter revisões todos os dias depois das aulas, e durante o tempo de S & T Michael também me dá uma forcinha.

É muito difícil prestar atenção quando o Michael está me ensinando alguma coisa. É porque ele tem um cheirinho tão bom...

Como é que eu vou conseguir estudar inclinações negativas quando esse cara no qual eu me amarro desde... ah, sei lá... nem me lembro quando, está ali sentado pertinho de mim, com um cheirinho de sabonete, às vezes encostando o joelho no meu?

Respondi:

FTLOUIE: Ouvi tudo que disse sobre inclinações negativas. Dada a inclinação m, +y-intercepto (0,b), equação y + mx + b, inclinação-intercepto.
CRACKING: COMO É QUE É???
FTLOUIE: Não está certo?
CRACKING: Copiou isso do fim do livro, foi?

Claro.
Ih, mamãe está aqui na porta.

# Ainda Mais Tarde, na Segunda-feira

Mamãe entrou. Pensei que o sr. G tinha ido embora, e aí perguntei: "Como foi a conversa?"

Aí vi que ela estava com os olhos cheios de lágrimas, por isso me aproximei e lhe dei um grande abraço.

"Tudo bem, mãe", disse. "Vou sempre estar ao seu lado. Vou ajudar em tudo, dar mamadeira à meia-noite, trocar fraldas, tudo. Mesmo se for menino."

Mamãe retribuiu meu abraço, mas depois vi que ela não estava chorando porque estava triste. Estava chorando porque estava feliz demais.

"Ah, Mia", disse ela. "Queremos que seja a primeira a receber a notícia."

Depois me puxou para a sala de visitas. O sr. Gianini estava ali de pé com o maior sorriso de bobo na cara. Bobo de felicidade.

Eu entendi antes mesmo de ela abrir a boca, mas fingi me surpreender, mesmo assim.

"Vamos nos casar!"

Mamãe me puxou e me incluiu num grande abraço grupal entre ela e o sr. G.

É meio esquisito ser abraçada pelo seu professor de álgebra. É só o que tenho a declarar.

# Terça-feira, 21 de Outubro, Uma da Madrugada

Ora, pensei que minha mãe fosse uma feminista que não acreditava na hierarquia machista, e fosse contrária à submissão e à ofuscação da identidade feminina que o casamento necessariamente acarreta.

Pelo menos, é o que ela costumava dizer quando eu lhe perguntava por que nunca se casou com o meu pai.

Sempre pensei que fosse porque ele nunca a pediu em casamento.

Talvez seja por isso que ela me pediu para não contar a ninguém ainda. Quer que o meu pai saiba do jeito dela, diz.

Essa agitação toda me deixou com dor de cabeça.

# Terça-feira, 21 de Outubro, Duas da Madrugada

Ai, meu pai do céu! Eu acabei de me lembrar de que, se a mamãe se casar com o sr. Gianini, ele vai morar aqui. Quero dizer, minha mãe jamais se mudaria para o Brooklyn, onde ele mora. Sempre diz que o metrô aumenta a antipatia dela para com as hordas corporativas.

Não posso acreditar. Vou ter que tomar meu café todas as manhãs com o meu professor de álgebra!

E o que vai acontecer se eu o vir pelado sem querer ou coisa assim? Posso ficar traumatizada pelo resto da vida!

É melhor eu tratar de mandar consertar a tranca da porta do banheiro antes de ele se mudar.

Agora estou com dor de garganta, além da dor de cabeça.

# Terça-feira, 21 de Outubro, Nove da Manhã

Quando me levantei hoje de manhã, estava com uma dor de garganta tão danada que nem conseguia falar. Só dava para sussurrar.

Tentei sussurrar chamando minha mãe durante algum tempo, mas ela não me ouviu. Então tentei dar socos na parede, mas só consegui derrubar meu pôster do Greenpeace.

Finalmente, não me restou alternativa, senão me levantar. Enrolei-me no edredom, para não pegar friagem, e ficar ainda mais doente, e percorri o corredor até o quarto da mamãe.

Para meu horror, não havia só um montinho na cama da minha mãe, mas DOIS!!! O sr. Gianini tinha passado a noite lá!

Bem, peraí. Afinal, ele já prometeu fazer dela uma mulher honesta.

Mesmo assim, é meio constrangedor entrar cambaleando no quarto da mãe da gente às seis da matina e encontrar seu professor de álgebra na cama com ela. Quero dizer, esse tipo de coisa poderia causar um trauma em uma pessoa menos tolerante do que eu.

Seja lá como for, fiquei ali sussurrando na porta, apavorada demais para entrar, e finalmente mamãe conseguiu abrir um olho, a muito custo. Aí sussurrei para ela que não estava me sentindo bem, e que precisaria ligar para o pessoal que controla a frequência explicando por que eu não podia ir à escola hoje.

Também lhe pedi para cancelar minha limusine e avisar a Lilly que não ia poder lhe dar carona hoje.

Também lhe disse que, se ela fosse para o estúdio, teria que pedir ao meu pai ou ao Lars (pelo amor de Deus, Grandmère não) para vir ao *loft*, para evitar que alguém me raptasse ou me assassinasse enquanto ela estivesse fora, e eu, assim, debilitada.

Acho que ela me entendeu, mas não deu para conferir.

Estou lhe dizendo, esse negócio de ser princesa não é brincadeira, não...

# Mais Tarde, na Terça-feira

Minha mãe ficou em casa em vez de ir ao estúdio hoje. Sussurrei para ela que não podia fazer isso. Tinha uma mostra na Galeria Mary Boone dentro de mais ou menos um mês, e eu sei que ela só tem pronta mais ou menos metade dos quadros que vai precisar expor. Se ela começar a ter enjoos matinais, seria uma realista morta.

Mas ela ficou, mesmo assim. Acho que está sentindo remorsos, porque acha que fiquei doente por causa dela. Como se todo o meu nervosismo com o estado uterino dela fosse debilitar meu sistema imunológico ou coisa parecida.

Isso não tem nada a ver. Tenho certeza de que, seja lá o que for, peguei de alguém na escola. A Escola Albert Einstein é uma gigantesca placa de Petri onde se faz a cultura de milhares de bactérias, se quiser saber, ainda mais com o número incrível de gente lá que respira pela boca.

Assim, a cada dez minutos, minha mãe, atormentada pelo remorso, entra e me pergunta se quero alguma coisa. Esqueci-me de que ela tem um complexo de Florence Nightingale. Fica fazendo chá e rabanadas sem as casquinhas pra mim. Devo reconhecer que isso é muito bom.

A não ser quando ela tentou me obrigar a dissolver um tablete de zinco na língua, porque uma das amigas dela lhe recomendou isso para combater o resfriado comum.

Isso não foi nada agradável.

Ela ficou apavorada quando tive ânsias de vômito por causa do zinco. Até correu para a *delicatessen* e comprou para mim uma dessas barras gigantes de Crunch para compensar o sofrimento que me causou.

Mais tarde ela tentou preparar ovos com *bacon* para me dar força, mas aí eu disse que bastava: só porque eu estava no meu leito de morte, não significava que eu deveria deixar de lado todos os meus princípios vegetarianos.

Minha mãe acabou de tomar minha temperatura. Trinta e sete e meio.

Se estivéssemos na Idade Média, eu provavelmente já teria morrido.

**TABELA DE TEMPERATURAS**

11:45 — 37,4
12:14 — 37,3
13:27 — 37

Essa droga desse termômetro deve estar com defeito!

14:05 — 37,2
15:35 — 37,3

Está na cara que, se continuar assim, não vou poder ir à entrevista com a Beverly Bellerieve no sábado.

OBAAA!!!!!!!

# Ainda Mais Tarde, na Terça-feira

Lilly acabou de dar um pulinho aqui. Me trouxe todo o meu dever de casa. Diz que eu estou com uma cara horrível, que minha voz parece a da Linda Blair no filme *O exorcista*. Eu nunca vi *O exorcista*, de modo que não sei se é verdade ou não. Não gosto de filmes em que as cabeças das pessoas giram 360 graus e elas vomitam coisas em jatos. Gosto de filmes cheios de pessoas com visuais bem produzidos e muita dança

Bom, mudando da água para o vinho, a Lilly diz que a última novidade da escola é que o "Casal Vinte", Josh Richter e Lana Weinberger, voltou (um registro pessoal para ambos os pombinhos: da última vez que romperam, foi só durante três dias). Lilly diz que, quando passou pelo meu armário para pegar meus livros, Lana estava de pé por ali, de uniforme de animadora de torcida, esperando o Josh, cujo armário fica perto do meu.

Aí, quando o Josh apareceu, tascou um beijão daqueles bem molhados na Lana, que a Lilly jura que foi equivalente a um F5 na escala Fujimoto, que mede a intensidade da zona de sucção dos tornados, impedindo totalmente a Lilly de fechar a porta do meu armário (Deus sabe como eu conheço esse problema). Lilly resolveu a situação bem depressa, porém, enfiando a ponta do lápis número dois nas costas do Josh, numa de "sem-querer-querendo".

Pensei em contar a Lilly minha própria Grande Novidade: sabe, o negócio da minha mãe e o sr. G. Quero dizer, ela vai descobrir mesmo.

Talvez tenha sido a infecção que estava dominando o meu organismo, mas eu simplesmente não consegui contar. Eu simplesmente não conseguia afastar a ideia do que Lilly poderia dizer com relação ao tamanho potencial das narinas do meu futuro irmão ou irmã.

No fim das contas, fiquei mesmo com um montão de dever de casa para fazer. Até mesmo o pai do meu futuro irmãozinho ou irmãzinha, de quem se poderia esperar um mínimo de compaixão de mim, me soterrou com milhares de exercícios. Juro que não tem refresco nenhum pelo fato de a mãe da gente estar noiva do nosso professor de álgebra. Nenhum mesmo.

Ou melhor, a não ser quando ele vem para o jantar e me ajuda a fazer a lição. Só que ele não me dá as respostas, e assim eu fico tirando só 68. E isso corresponde a um mero D.

E agora eu estou mesmo doente! Minha temperatura subiu para 37,7! Logo vai estar beirando os quarenta!

Se isso fosse um episódio do *Plantão médico*, eles já teriam me colocado no pulmão artificial.

Não tem como eu ser entrevistada pela Beverly Bellerieve agora. NÃO TEM.

Qui, qui, qui...

Minha mãe ligou o vaporizador aqui, literalmente a todo vapor. Lilly diz que o meu quarto está parecendo até o Vietnã, e fica me pedindo para pelo menos abrir uma frestinha da janela, pelo amor de Deus!

Nunca pensei nisso antes, mas a Lilly e a Grandmère têm muito em comum. Por exemplo, Grandmère ligou faz um tempinho.

Quando lhe disse que estava muito adoentada e que provavelmente não poderia dar a entrevista no sábado, ela simplesmente me passou um sermão!

É isso aí. Me deu uma senhora bronca, como se fosse culpa *minha* eu ficar doente. Depois começou a falar sobre o dia do casamento dela, que teve uma febre de 39 graus, mas por acaso isso a impediu de ficar de pé durante uma cerimônia de casamento de duas horas, ou de percorrer depois as ruas de Genovia acenando para a população em carro aberto e jantar *prosciutto* com melão na recepção, valsando até as quatro da madrugada?

Não, talvez não fiquem muito surpresos por saber a resposta. Não impediu, não.

Isso, prosseguiu Grandmère, é porque uma princesa não usa seus mal-estares como desculpa para esquivar-se aos seus deveres para com seu povo.

Como se o povo de Genovia estivesse ligado naquela porcaria de entrevista minha no *Twenty Four/Seven*. Eles nem mesmo assistem a esse programa por lá. Quer dizer, só os que têm parabólica, talvez.

Lilly teve tão pouca compaixão quanto Grandmère. Aliás, Lilly não é uma visita lá muito consoladora para se ter por perto quando a gente está doente. Ela insinuou que talvez eu estivesse tísica, exatamente como Elizabeth Barrett Browning. Eu disse que achava que era só uma bronquite à toa, e Lilly respondeu que devia ter sido isso que a Elizabeth Barrett Browning pensou antes de morrer.

**DEVER DE CASA**

Álgebra: problemas do final do capítulo 10
Inglês: no diário, fazer uma lista com seu programa de tevê, filme, livro, prato etc. preferidos
Civilizações Mundiais: redação de mil palavras explicando o conflito entre Irã e Afeganistão.
S&T: até parece
Francês: ecrivez une vignette amusant (ah, me aguardem)
Biologia: sistema endócrino (pegar as respostas com o Kenny)

Meu Deus do céu! O que estão querendo por lá, afinal? Me matar?

## Quarta-Feira, 22 de Outubro

Hoje pela manhã minha mãezinha telefonou para o quarto do hotel onde meu pai está hospedado, o Plaza, e lhe pediu para mandar a limusine para me levar ao médico. Isso porque, quando ela tomou minha temperatura depois que acordei, eu estava com 39, exatamente como Grandmère no dia do casamento dela.

Só que, vou lhe dizer, não estava muito a fim de dançar valsa. Eu quase não consegui me vestir. Estava tão febril que acabei vestindo um dos modelitos que Grandmère comprou para mim. Assim, lá fui eu, de Chanel dos pés à cabeça, os olhos vidrados e com a pele toda brilhante de suor. Meu pai deu um pulo de uns dois palmos de altura quando me viu. Acho que porque pensou por um instante que eu fosse a própria Grandmère.

Só que eu sou bem mais alta do que ela, é claro. E meus cabelos são bem mais curtos.

Acontece que o Dr. Fung é uma das poucas pessoas nos Estados Unidos que ainda não sabiam que sou uma princesa, de forma que eu tive que ficar esperando na antessala uns dez minutos antes de ele me atender. Meu pai passou os dez minutos conversando com a recepcionista. É que ela estava com uma roupa que mostrava o umbiguinho, mesmo sendo praticamente inverno.

E mesmo que meu pai seja completamente careca e use terno o tempo inteiro em vez de trajes esportivos como um pai normal, pode-se dizer que a recepcionista ficou caidinha por ele. Isso porque, apesar daquele estilo europeu todo dele, meu pai é um cara muito atraente.

Lars, que é um atraente num outro estilo (por ser grandalhão e peludo), sentou-se ao meu lado, lendo a revista *Pais e Filhos*. Podia jurar que ele teria preferido o exemplar mais recente de *Soldier of Fortune*, mas eles não têm assinatura dela na Clínica Familiar do SoHo.

Finalmente o Dr. Fung me pediu para entrar. Examinou-me, tomou minha temperatura (38,7) e apalpou-me as amígdalas para ver se estavam inchadas (estavam). Aí tentou tirar material para uma cultura, para ver se eu estava com infecção estreptocócica.

Só que, quando ele enfiou aquele troço na minha goela, deu uma ânsia de vômito tão forte, que comecei a tossir incontrolavelmente. Não conseguia parar de tossir, de forma que disse a ele entre os acessos que ia beber um golinho de água. Acho que devia estar delirando, por causa da febre, e tudo, porque em vez de ir pegar água saí direto do consultório, voltei para a limusine e disse ao motorista para me levar para o Emerald Planet imediatamente, para eu tomar um *milk shake* de fruta com iogurte.

Felizmente o motorista nem pensou em me obedecer e me levar a outro lugar sem o meu guarda-costas. Disse alguma coisa pelo rádio e aí o Lars saiu e veio até a limusine com o meu pai, que me perguntou onde eu estava com a cabeça.

Pensei em lhe perguntar exatamente a mesma coisa, só que em relação à recepcionista de umbiguinho com *piercing*. Mas minha garganta doía demais para eu poder falar.

O Dr. Fung acabou resolvendo tudo de uma forma bem razoável. Desistiu da cultura da garganta e só prescreveu um antibiótico e um xarope com codeína para tosse — mas só depois de uma de suas enfermeiras tirar uma foto de nós apertando a mão um do outro na limusine, para poder pendurar na sua galeria de fotos com artistas e gente famosa. Ele tem fotos ali dele apertando a mão de outros pacientes famosos como o Robert Goulet e o Lou Reed.

Agora que aquele febrão passou, vejo que estava me comportando de forma totalmente irracional. Diria que aquela consulta médica foi provavelmente um dos momentos mais constrangedores da minha vida. É claro, já houve tantos, que é difícil classificar esse em termos de grau de constrangimento. Eu acho que o colocaria em pé de igualdade com aquela ocasião em que acidentalmente deixei cair meu prato com o jantar na fila do bufê no bar *mitzvah* da Lilly, e todos ficaram pisando em *gefiltefish* pelo resto da noite.

## OS CINCO MOMENTOS MAIS CONSTRANGEDORES DA VIDA DE MIA THERMOPOLIS

1. Quando Josh Richter me beijou na frente da escola inteira, enquanto todos me olhavam.
2. Aquela vez em que eu tinha seis anos, e Grandmère me mandou abraçar a irmã dela, a Tante Jean Marie, e eu comecei a chorar porque tive medo do bigode da Jean Marie, e a magoei.
3. A vez em que tinha sete anos, e Grandmère me obrigou a ir a um coquetel chatíssimo que ela deu para os amigos, e eu fiquei tão entediada que peguei um suporte de porta-copos de marfim em forma de jinriquixá e comecei a rodá-lo pela mesinha de centro, falando num chinês inventado, até todos os porta-copos caírem do jinriquixazinho e rolarem pelo assoalho, causando um barulhão, e todos olharem para mim.

(Parece-me ainda mais constrangedor quando me lembro disso agora, porque imitar chineses é uma indelicadeza, sem mencionar o lado politicamente incorreto da coisa).

4. A vez em que tinha dez anos e Grandmère me levou para a praia com uns primos meus e eu esqueci a parte de cima do biquíni, e Grandmère não me deixou voltar ao castelo para pegá-lo, disse que estávamos na França, pelo amor de Deus, e que eu fizesse *topless* como todo mundo, e mesmo não tendo nada para mostrar em termos de peito além do que tenho hoje em dia, fiquei morta de vergonha, e não tirei a camiseta, e ficaram todos olhando para mim porque pensavam que eu estava com alguma alergia, ou tinha algum sinal de nascença desfigurador ou talvez um feto de irmão gêmeo siamês atrofiado e murcho pendurado em mim.

5. A vez em que eu tinha doze anos e tive minha primeira menstruação, e estava na casa de Grandmère, sendo obrigada a contar a ela porque não tinha absorventes comigo nem nada, e mais tarde, naquela noite, quando entrei para o jantar, entreouvi Grandmère contando a todos os amigos o que tinha acontecido, de modo que durante o resto da noite todos só ficaram contando anedotas e piadinhas sobre as maravilhas da feminilidade.

Agora que estou pensando nisso, todos os meus momentos mais constrangedores tiveram alguma coisa a ver com Grandmère.

Pergunto-me o que os pais da Lilly, ambos psicanalistas, teriam a dizer sobre isso.

**TABELA DE TEMPERATURAS**

17:20 — 37,4
18:45 — 37,3
19:52 — 37,2

É possível que eu esteja melhorando assim tão rápido? Que horror! Se eu melhorar, vou ser obrigada a aturar aquela entrevista pavorosa...

Isso exige medidas drásticas: esta noite eu estou decidida a tomar uma chuveirada e meter a cabeça para fora da janela com os cabelos molhados.

Eles vão aprender.

## Quinta-feira, 23 de Outubro

Ai, caramba. Aconteceu uma coisa tão incrível, que mal consigo escrever.

Esta manhã, enquanto eu estava deitada no meu leito de enferma, minha mãe me entregou uma carta que disse ter vindo na correspondência ontem, só que ela se esqueceu de me dar.

Não era como as contas de luz ou de TV a cabo de que a mamãe em geral se esquece depois que chegaram. Era uma carta endereçada a mim.

Mesmo assim, como o endereço do destinatário tinha sido datilografado, não suspeitei de nada fora do normal. Achei que era uma carta da escola, uma coisa assim. Como alguma comunicação dizendo que eu tinha recebido uma menção honrosa (AH, AH!). Mas não havia endereço do remetente, e em geral as cartas da Escola Albert Einstein têm a cara pensativa do Einstein no cantinho esquerdo, com o endereço da escola.

Então você pode imaginar minha surpresa quando abri o envelope e encontrei não um folheto me pedindo para mostrar meu espírito acadêmico fazendo docinhos para ajudar a levantar fundos para o time da casa, mas o seguinte... que, por falta de uma definição melhor, só posso classificar como carta de amor:

*Querida Mia (dizia a carta)*
*Sei que vai achar estranho receber uma carta como esta. Eu estou me sentindo estranho ao escrevê-la. E mesmo assim sou tímido demais para*

*lhe dizer cara a cara o que estou para lhe dizer agora: é que eu te acho a garota mais Josie que já conheci.*

*Só quero te revelar que tem uma pessoa, ao menos, que gostava de você muito antes de descobrir que você era princesa...*

*E vai continuar gostando de você, haja o que houver.*

*Sinceramente,*

*Um Amigo.*

Ai, meu Deusinho do céu!

Eu não podia acreditar! Eu nunca tinha recebido uma carta como aquela antes. De quem seria? Eu não conseguia imaginar. Ela havia sido datilografada, assim como o endereço do envelope. Não em máquina de escrever, mas obviamente impressa em computador.

Assim, mesmo que eu quisesse comparar os tipos, digamos, com os de uma máquina de escrever suspeita (como Jan fez no episódio de *A família sol, lá, si, dó* em que desconfiou que a Alice havia lhe enviado aquele medalhão), não dava. Não se podem comparar os tipos de impressoras a laser, gente. São todas iguais.

Quem poderia ter me enviado uma coisa dessas?

Naturalmente, sei quem eu gostaria que tivesse me enviado a carta.

Mas as probabilidades de um cara como o Michael Moscovitz gostar de mim mais do que como amiga são praticamente nulas. Sabem, se ele gostasse de mim, teria uma oportunidade perfeita de me dizer isso na noite do baile da Diversidade Cultural, quando fez a gentileza de me convidar para dançar, depois de o Richter me causar aquele constrangimento todo. E não dançamos apenas uma vez, também. Dançamos algumas vezes. Músicas lentas, aliás. E depois, fomos para o quarto dele no apartamento dos Moscovitz. Ele podia ter dito alguma coisa naquela ocasião, se quisesse.

Mas não disse. Não disse que gostava de mim.

E por que gostaria? Quer dizer, sou uma aberração total, sem seios, grandalhona, incapaz até mesmo de fazer um penteado que lembre um estilo, mesmo de longe.

Acabamos de estudar gente igual a mim na aula de biologia, aliás. Mutantes biológicos, é como somos chamados. Um mutante biológico ocorre quando um organismo mostra uma mudança acentuada em relação ao tipo normal ou herança genética dos pais, tipicamente quando ocorre uma mutação.

Sou eu dos pés à cabeça, uma descrição exata de mim. Quer dizer, se olharem para mim e depois para os meus pais, que são ambos atraentes, ficariam só dizendo: "Mas o que foi que aconteceu?"

Estou falando sério. Eu devia ir morar com os X-Men, de tão mutante que eu sou.

Além do mais, o Michael Moscovitz seria realmente o tipo de cara que diria que eu sou a garota mais Josie da escola? Ora, estou presumindo que o autor esteja se referindo a Josie, aquela cantora principal de *Josie e as gatinhas*, cujo papel é representado pela Rachael Leigh Cook no filme. Mas eu não lembro Rachael Leigh Cook. Quisera eu. *Josie e as gatinhas* começou como um desenho animado sobre um grupo de garotas que desvenda crimes, como no *Scooby Doo*, e o Michael nem mesmo assiste ao Cartoon Network, que eu saiba, pelo menos.

Michael só vê o canal educativo, o canal de ficção científica e

*Buffy, a caça-vampiros*. Talvez se a carta dissesse "Acho que você é a garota mais *Buffy* que já conheci"...

Porém, se não é do Michael, de quem é essa carta?

Mas que emocionante, quero ligar para alguém e contar. Mas para quem? Todo mundo que eu conheço está na escola.

POR QUE EU TINHA QUE FICAR DOENTE????

Nada de meter a cabeça molhada pela janela. É melhor ficar logo boa para poder voltar à escola e descobrir quem é o meu admirador secreto!

**TABELA DE TEMPERATURA:**

10:45 — 37,3
11:15 — 37,2
12:27 — 37

É isso aí! É ISSO AÍ!!! Estou melhorando! Obrigada, Selman Waksman, inventor do antibiótico.

14:05 — 37,2

Não. Ah, não!

15:35 — 37,3.

Por que isso está acontecendo comigo?

## Mais Tarde, na Quinta-Feira

Esta tarde, enquanto eu estava deitada com bolsas de gelo debaixo das cobertas, tentando baixar a febre para poder ir à escola amanhã e descobrir quem é o meu admirador secreto, vi por acaso o melhor episódio de *SOS Malibu* a que jamais tive oportunidade de assistir.

Juro.

Sabe, Mitch conhece uma garota com um sotaque francês fajuto, durante uma corrida de barcos, e eles se apaixonam e ficam correndo pelas ondas com uma trilha sonora que é demais, e aí se descobre que a moça é noiva de um adversário do Mitch na corrida de barcos — e não para por aí —, ela era a *princesa de um pequeno país europeu do qual Mitch jamais tinha ouvido falar.* O noivo dela é um príncipe que o pai havia escolhido para ela quando ela nasceu!

Enquanto eu assistia ao episódio, Lilly chegou com meu dever de casa e começou a ver televisão comigo. Mas não conseguiu captar a profunda importância filosófica da história. Só dizia: "Cara, essa princesinha aí precisa depilar as sobrancelhas!"

Fiquei horrorizada.

"Lilly", sussurrei. "Será que não percebe que esse episódio do *SOS Malibu* é profético? É perfeitamente possível que eu tenha sido prometida desde o meu nascimento a algum príncipe que jamais conheci, e sobre o qual meu pai não me falou ainda. E poderia muito bem conhecer algum guarda-vidas numa praia e me apaixonar perdidamente por ele, mas não poder me comprometer porque vou ter que cumprir meu dever e me casar com o homem que meu povo escolheu para mim."

Lilly disse: "Ei, peraí, quantas colheres daquele teu xarope você tomou hoje, hein? Diz uma colher *de chá* a cada quatro horas, na receita, não colher *de sopa*, sua lerda."

Eu fiquei irritada com a Lilly por ela não conseguir perceber as implicações da situação. Eu não podia lhe contar sobre a carta que havia recebido, é claro. E se o irmão dela tivesse escrito a carta? Eu não ia querer que ele achasse que eu tinha espalhado para todo mundo que eu conhecia. Uma carta de amor é uma coisa muito íntima.

Mas, mesmo assim, parecia que ela seria capaz de encarar aquilo do meu ponto de vista.

"Será que não entende?", sussurrei. "De que adianta eu gostar de alguém, quando é perfeitamente possível que o meu pai tenha arranjado um casamento para mim com algum príncipe que eu jamais conheci? Algum cara que mora, digamos, em Dubai, ou algum outro lugar, e que olha diariamente com expressão sonhadora o meu retrato e anseia pelo dia em que finalmente possa me fazer sua?"

Lilly disse que achava que eu andava lendo romances adolescentes demais da minha amiga Tina Hakim Baba. Vou admitir que foi mais ou menos desses livros que eu tirei essa ideia. Mas isso não vem ao caso.

"Sério, Lilly", disse. "Preciso evitar a qualquer custo me apaixonar por alguém como o David Hasselhoff ou o seu irmão, porque no final talvez seja obrigada a me casar com o príncipe William." Mas, pensando bem, até que não seria um sacrifício tão grande assim...

Lilly se levantou da minha cama e saiu pisando duro para a sala do *loft*. Meu pai era o único que estava por lá, porque, quando veio me visitar, minha mãe de repente se lembrou de um afazer qualquer de que havia se esquecido e tratou de se mandar.

Só que não existia afazer nenhum. Minha mãe ainda não havia contado ao papai sobre o sr. G e a gravidez dela, e que os dois iam se casar, isso tudo. Acho que tem medo de que o papai comece a gritar com ela por ser tão irresponsável (coisa que eu acho que ele vai fazer com certeza).

Portanto, para não contar, ela foge do papai, cheia de remorso, toda vez que o vê. Seria quase engraçado, se não fosse um comportamento patético para uma mulher de 36 anos. Quando eu tiver 36 anos, pretendo ser definitivamente autoconsciente, para não me pegarem fazendo nada do que a mamãe vive fazendo.

"Sr. Renaldo", ouvi a Lilly dizer, quando ela entrou na minha sala. Ela chama o meu pai de Sr. Renaldo, mesmo sabendo perfeitamente que ele é príncipe de Genovia. Não se importa, porque diz que aqui é a América e que ela não vai chamar ninguém de "Vossa Alteza". É fundamentalmente contrária às monarquias — e os principados também, como Genovia, se encontram nessa categoria. Lilly acredita que a soberania reside no povo. Nos tempos coloniais ela provavelmente seria um dos "Whigs", os caras que acabaram dando origem ao partido liberal.

"Sr. Renaldo", ouvi-a perguntar ao meu pai. "A Mia foi prometida a algum príncipe de algum lugar?"

Meu pai baixou o jornal. Eu ouvi o papel se amassando lá do meu quarto.

"Meu Deus, não", disse ele.

"Sua débil!", disse, quando voltou batendo os pés para o meu quarto. "E embora eu possa entender por que você precisa evitar a todo custo se apaixonar pelo David Hasselhoff, que, aliás, tem idade para ser seu pai, e nem é gostoso, o que é que o meu *irmão* tem a ver com tudo isso?"

Tarde demais, percebi o que tinha dito. Lilly não faz ideia do que sinto pelo irmão dela, o Michael. Aliás, eu não tenho a menor ideia do que sinto por ele também. Só que ele se parece muito com o Casper Van Dien, sem blusa.

Ai que vontade de que ele seja o cara que escreveu aquela carta. Eu quero, quero muito mesmo.

Mas não vou mencionar isso à irmã dele.

Em vez disso, disse-lhe que achava injusto da parte dela exigir explicações de coisas que eu havia dito sob a influência de um xarope à base de codeína.

Lilly fez aquela cara que faz às vezes quando os professores perguntam alguma coisa, e ela sabe a resposta, mas quer dar a alguma outra pessoa na sala uma chance de responder, para variar.

Às vezes é mesmo desgastante ter uma melhor amiga com QI 170.

**DEVER DE CASA**

Álgebra: problemas de 1 a 20, página 115
Inglês: capítulo 4 do *Strunk and White*

Civilizações Mundiais: redação de duzentas palavras sobre o conflito entre Índia e Paquistão.
S&T: Pois sim
Francês: Chaptre huit
Biologia: glândula pituitária (perguntar ao Kenny!)

## LISTA DE OPINIÕES DE MIA THERMOPOLIS E LILLY MOSCOVITZ SOBRE A AUTENTICIDADE DOS SEIOS DE ALGUMAS MULHERES FAMOSAS

| CELEBRIDADE | LILLY | MIA |
| --- | --- | --- |
| Britney Spears | Falsos | Autênticos |
| Jennifer Love Hewitt | Falsos | Autênticos |
| Winona Ryder | Falsos | Autênticos |
| Courtney Love | Falsos | Falsos |
| Jennie Garth | Falsos | Autênticos |
| Tori Spelling | Falsos | Falsos |
| Brandy | Falsos | Autênticos |
| Neve Campbell | Falsos | Autênticos |
| Sarah Michelle Gellar | Autênticos | Autênticos |
| Christina Aguilera | Falsos | Autênticos |
| Lucy Lawless | Autênticos | Autênticos |
| Melissa Joan Hart | Falsos | Autênticos |
| Mariah Carey | Falsos | Falsos |
| Rachael Leigh Cook | Falsos | Autênticos |

# Ainda Mais Tarde, na Quinta-Feira

Depois do jantar me senti bem o suficiente para sair da cama. E foi o que fiz.

Fui conferir meus *e-mails*. Esperava que houvesse alguma mensagem do meu misterioso "amigo". Se ele conhecia meu "endereço real", achei que conheceria meu "endereço virtual" também. Ambos estão na lista de endereços da escola.

Tina Hakim Baba foi uma das pessoas que me enviaram mensagens. Enviou desejos de melhoras. Shameeka também. Shameeka mencionou que estava tentando convencer o pai a dar uma festa de Dia das Bruxas, e perguntam se eu poderia ir. Respondi que sim, claro, se não me sentisse muito fraca por causa da tosse.

Também recebi uma mensagem do Michael. Era uma mensagem desejando melhoras, mas animada, com um filme curto. Mostrava um gato que se parecia um pouco com o Fat Louie fazendo uma dancinha de melhoras. Muito bonitinho. Michael assinou-a assim: "Com amor, Michael."

Não "Atenciosamente".

Não "Carinhosamente".

Com amor.

Assisti ao filminho quatro vezes, mas não consegui confirmar se tinha sido ele o remetente da carta. A carta, segundo observei, nem mencionava a palavra amor. Dizia que o remetente gostava de mim. E ele havia assinado "atenciosamente".

Só que não falava em amor. Nem um pouquinho de amor.

Aí vi uma mensagem de alguém cujo endereço não reconheci. Ai, caramba, seria meu admirador secreto? Meus dedos tremeram sobre o botão do mouse...

Aí a abri, e li a seguinte mensagem de Jocrox:

JoCrox: Só um bilhetinho para dizer que espero que esteja melhorando. Senti sua falta na escola hoje! Recebeu minha carta? Espero que tenha feito você se sentir pelo menos um pouco melhor, sabendo que alguém lá acha você demais. Melhore logo.
Seu amigo

Meu Deus! É *ele*! O meu admirador anônimo!

Mas quem é Jo Crox? Eu não conheço ninguém chamado Jo Crox. Diz que sentiu minha falta na escola hoje, o que significa que talvez tenhamos uma aula juntos. Mas não tem nenhum Jo em nenhuma das minhas aulas.

Talvez Jo Crox não seja o nome verdadeiro dele. Aliás Jo Crox não parece um nome. Talvez queira dizer Joc Rox.

Mas também não conheço nenhum Joc. Quero dizer, não pessoalmente.

Ah, não, espera aí, já saquei!

Jo-C-rox!

Jo-sie Rocks! Ai, meu pai do céu! Josie, da *Josie e as gatinhas*!

Mas que fofura!

Mas quem? Quem seria?

Imaginei que só havia um meio de descobrir e decidi responder no ato:

FTLOUIE: Querido amigo, recebi sua carta. Valeu mesmo. Obrigada também pelos desejos de melhoras.
QUEM É VOCÊ? (Juro que não conto pra ninguém, viu?)
Mia

Fiquei ali sentada meia hora esperando que ele respondesse, mas ele não respondeu.
QUEM É??? QUEM É???
Eu PRECISO melhorar até amanhã para poder ir à escola e descobrir quem é esse Jo-C-rox. Senão vou ficar maluca, que nem a namorada do Mel Gibson em *Hamlet*, e terminar flutuando no Hudson, de camisola Lanz de Salzburgo com o resto do lixo hospitalar.

# Sexta-feira, 24 de Outubro, Álgebra

Melhorei!!!!

Ora, na verdade, não estou me sentindo tão bem assim, mas não importa. Não estou mais com febre, então mamãe não teve escolha senão me deixar ir à escola. Não havia como me segurar na cama mais um dia. Não com o Jo-C-rox escondido por lá em algum canto, talvez apaixonado por mim.

Mas até agora, nada. Quero dizer, passamos pela casa da Lilly na limusine e a pegamos, como sempre, e o Michael estava com ela e tudo, mas pelo alô distraído que ele me deu nem dava para perceber que ele havia me enviado uma mensagem de melhoras assinada "com amor, Michael", muito menos me chamado da menina mais Josie que ele tinha conhecido na vida. Está na cara que ele não é o Jo-C-rox.

E aquele "Amor" no final da mensagem era só um amor platônico. Quero dizer, o "Amor" do Michael obviamente não significa que ele realmente me ama.

Mas ele me acompanhou, sim, até o armário. Isso foi bem legal da parte dele. É bem verdade que estávamos envolvidos em um debate acalorado sobre o episódio de terça-feira de *Buffy, a caça-vampiros*, mas, mesmo assim, nenhum garoto jamais havia me acompanhado até o armário antes. Boris Pelkowski se encontra com a Lilly na frente da escola e vai com ela até o armário toda santa manhã, e vem fazendo isso desde o dia em que ela concordou em namorar com ele.

Tá legal, eu admito que o Boris Pelkowski é um cara que respira pela boca e continua a enfiar o suéter dentro das calças, apesar dos meus frequentes toques de que nos Estados Unidos isso é considerado uma gafe em termos de moda, segundo a *Glamour*. Mas tudo bem, ele é um rapaz. E é sempre legal um rapaz — mesmo que use aparelho nos dentes — acompanhá-la até o armário. Sei que tenho o Lars, mas é diferente o seu guarda-costas acompanhá-la até o armário e um rapaz de verdade fazê-lo.

Acabei de notar que a Lana Weinberger comprou capas novas para todos os cadernos. Acho que jogou fora as velhas. Tinha escrito "sra. Josh Richter" em todas, depois riscou isso quando brigou com o Josh. Agora estão juntos de novo. Acho que ela está disposta outra vez a ter sua identidade ofuscada assumindo o nome do "marido", uma vez que já escreveu três "Eu Amo Josh" e sete "sra. Josh Richter" só no caderno de álgebra.

Antes de a aula começar, Lana estava contando a todo mundo que prestasse atenção a ela que ia dar uma festa esta noite. Ninguém de nós foi convidado, é claro. É uma festa de um dos amigos do Josh.

Eu nunca sou convidada para festas como essas. Sabe, como nos filmes sobre adolescentes, em que os pais de alguém saem da cidade, e todos na escola trazem barriletes de cerveja e promovem desordem na casa?

Eu nem mesmo conheço alguém que more numa casa. Só em prédios de apartamentos. E se alguém começar a fazer tumulto e quebrar coisas em um apartamento, pode apostar que os vizinhos vão telefonar para o síndico e reclamar. Isso pode deixá-lo mal perante o condomínio.

Mas acho que a Lana jamais parou para pensar nessas coisas.

A terceira potência de x é chamada o cubo de x.
A segunda potência de x é o quadrado de x.

Ode à vista da janela da minha aula de álgebra

*Bancos de concreto aquecidos ao sol*
*Ao lado de mesas com tabuleiros de xadrez*
*E pichações deixadas por centenas*
*Antes de nós em*
*Tinta spray Day-Glo:*

Joanne Ama Richie
Os Punks é que Mandam
Bichas e Sapatas contra a Energia Nuclear
E Amber dá pra todo mundo.

*As folhas mortas e sacos plásticos se espalham*
*Ao vento vindo do parque*
*E homens de terno tentam cobrir com*
*Os últimos fios de cabelo*
*Suas carecas rosadas.*
*Carteiras de cigarros e chiclete mascado*
*Cobrem a calçada cinzenta.*

*E eu penso*
*De que importa o fato*
*De que uma equação não é linear se qualquer variável*
*for elevada a uma potência?*
*Todos vamos mesmo morrer.*

# Sexta-feira, 24 de Outubro, Civilizações Mundiais

**FAÇA UMA LISTA DE CINCO TIPOS BÁSICOS DE GOVERNO**

Anarquia
Monarquia
Aristocracia
Ditadura
Oligarquia
Democracia

**FAÇA UMA LISTA DE CINCO PESSOAS QUE PODERIAM SER O JO-C-ROX**

Michael Moscovitz (tomara!)
Boris Pelkowski (cruz-credo!)
Sr. Gianini (numa tentativa desajeitada de me animar)
Meu pai (idem)
Aquele garoto esquisito que vejo às vezes na lanchonete que fica muito perturbado quando servem chili com milho (Deus me livre e guarde!)

IIIIIIIRRRRRRRRRRRRRC!

## Sexta-feira, 24 de Outubro, S & T

Acontece que, desde que eu fiquei doente, o Boris começou a aprender umas músicas novas no violino. Neste exato momento ele está tocando um concerto de alguém chamado Bartók.

E, cá pra nós, a melodia soa igual ao nome do compositor. Mesmo que o tenhamos trancafiado com o violino no almoxarifado, está difícil de aturar. Não dá nem para a gente ouvir nossos pensamentos. Michael foi obrigado a ir à enfermaria para ver se descolava uns comprimidos de ibuprofeno.

Mas antes de ele sair, tentei levar o papo para o correio eletrônico. Sabe, assim como quem não quer nada, e tal.

Só por via das dúvidas.

Bom, a Lilly estava falando sobre o programa dela, o *Lilly Tells It Like It Is*, e lhe perguntei se ainda recebe muita correspondência — um dos seus maiores fãs, o Norman, a persegue e manda presentes o tempo todo, com a condição de que ela mostre os pés descalços no ar: o negócio do Norman é pé, o cara é fetichista.

Aí mencionei que tinha recebido umas mensagens intrigantes recentemente...

Aí olhei para o Michael bem de relance, para ver como ele reagia.

Mas ele nem ergueu os olhos do *laptop*.

E agora está voltando da enfermaria. A enfermeira não lhe deu ibuprofeno porque vai contra as normas de fornecimento de remédios da escola. Então lhe dei um pouco do meu xarope de codeína. Ele disse que aquilo acabou com a dor de cabeça dele num instante.

Mas também pode ter sido porque o Boris derrubou uma lata de solvente de tintas com o arco e precisamos tirá-lo às pressas de dentro do depósito.

**COISAS A FAZER**

1. Parar de pensar tanto em Jo-C-rox
2. Idem para o Michael Moscovitz
3. Idem para a minha mãe e suas questões reprodutivas
4. Idem para a minha entrevista amanhã com a Beverly Bellerieve
5. Idem para Grandmère
6. Ter mais autoconfiança
7. Parar de roer as unhas postiças
8. Me autoconscientizar
9. Prestar mais atenção à álgebra
10. Lavar os shorts da educação física

# Mais Tarde, na Sexta-feira

Tremendo mico que eu paguei! A diretora Gupta de alguma forma descobriu que eu tinha dado ao Michael uma colher do meu xarope de codeína, e mandou me chamar no meio da aula de biologia até a diretoria para conversar comigo sobre o meu tráfico de substâncias controladas nas dependências da escola!

Ai, caramba! Eu pensei que ia ser expulsa ali mesmo, naquela hora.

Contei a história do ibuprofeno e do Bartók. Mas a diretora Gupta não demonstrou a mínima solidariedade para comigo. Mesmo quando eu mencionei todos os meninos e meninas que ficam fumando na frente da escola. Eles por acaso são repreendidos por filar cigarros uns dos outros?

E as animadoras de torcida e aquele Dexatrim delas?

Mas a diretora disse que os cigarros e o Dexatrim eram muito diferentes dos narcóticos. Ela confiscou meu xarope de codeína e me disse que eu podia levá-lo para casa depois das aulas. E me pediu para não trazê-lo à escola na segunda-feira.

Ela nem precisa se preocupar. Eu fiquei tão sem graça com aquilo que estou pensando seriamente em nunca mais vir à escola, muito menos na segunda-feira.

Não vejo por que não posso receber aulas particulares, como os meninos do Hanson. Olha só como eles se saíram bem.

**DEVER DE CASA**

Álgebra: problemas da página 129
Inglês: descreva uma experiência que a comoveu profundamente
Civilizações Mundiais: Duzentas palavras sobre a ascensão do Talibã no Afeganistão
S&T: Pelo amor de Deus, nem me fale
Francês: devoirs — les notes grammaticales: 141-143
Biologia: sistema nervoso central

## DIÁRIO DE INGLÊS

### *Minhas Coisas Favoritas*

**COMIDA**

Lasanha vegetariana

**FILME**

Meu filme preferido é um que vi pela primeira vez na HBO quando tinha doze anos. Continuou sendo meu predileto, apesar dos esforços dos meus amigos e da minha família para me apresentarem os chamados melhores exemplos da arte cinematográfica. Francamente, acho que *Dirty Dancing — Ritmo quente*, com o Patrick Swayze e a Jennifer Grey antes da plástica do nariz, tem o que falta a filmes que têm tudo, como *A força do amor* e *Setembro*, criados pelos supostos "auteurs" do meio. Por exemplo, *Dirty Dancing* se passa em uma colônia de férias. Filmes que se passam em colônias de férias (outros bons exemplos são *Cocktail* e *Aspen — Dinheiro, sedução e perigo*) são ligeiramente melhores, já notei, do que os outros filmes. Além disso, o *Dirty Dancing* tem dança. É sempre ótimo ver dança nos filmes. Pensem em como os filmes que ganharam o Oscar, como *O paciente inglês*, seriam se houvesse dança neles. Eu me chateio muito menos quando vejo filmes em que há pessoas dançando na tela. Então preciso dizer às muitas e muitas pessoas que discordam de mim sobre *Dirty Dancing*: "Baby não fica no canto."

**PROGRAMA DE TELEVISÃO**

Meu programa de televisão preferido é *SOS Malibu*. Conheço gente que acha esse programa muito pouco convincente e machista, mas na verdade não é nada disso. As sungas dos rapazes são tão sumárias quanto os biquínis das garotas, e nos últimos episódios, pelo menos, uma mulher está encarregada de toda a operação de guarda-vidas. E a verdade da coisa é que, sempre que assisto a esse programa, me sinto feliz. É porque sei que, seja qual for a encrenca em que Hobie se meta, sejam enguias elétricas gigantes ou contrabandistas de esmeraldas, Mitch sempre o salva, e tudo é feito ao som de uma excelente trilha, com tomadas fantásticas no mar. Gostaria que houvesse um Mitch na minha vida para resolver tudo sempre e fechar os meus dias com chave de ouro.

E também que os meus seios fossem tão grandes quanto os da Carmen Electra.

## LIVRO

Meu livro predileto se chama *QI 83*. Quem o escreveu foi o autor de sucesso de *O enxame*, Arthur Herzog. *QI 83* é sobre um bando de médicos que mexem com DNA e por imprudência causam um acidente que faz todos no mundo perderem um pouco de seus QIs e começarem a agir feito burros. Juro! Até o presidente dos Estados Unidos. Ele acaba babando feito um idiota! E cabe ao Dr. James Healey salvar o país de ser povoado por um monte de mongóis peso-pesados que não conseguem fazer nada além de assistir ao Jerry Springer e comer bolinhos de creme e chocolate Ho Ho o dia inteiro. Esse livro jamais obteve a atenção merecida. Jamais foi transformado em filme!

É uma paródia literária.

# Ainda Mais Tarde, na Sexta-Feira

O que eu devia fazer a respeito desse trabalho ridículo no diário de inglês, *Descreva uma experiência que a comoveu profundamente*? Não faço a menor ideia! Sobre o que vou escrever? Aquele dia em que entrei na cozinha e dei de cara com o meu professor de álgebra de pé ali de cuecas? Isso não me comoveu, exatamente, mas não deixou de ser uma experiência.

Ou será que eu devia falar sobre o momento em que o meu pai me revelou que sou herdeira do trono do principado de Genovia? Foi uma experiência, embora eu não saiba se foi profunda, e mesmo que eu estivesse chorando, não acho que tenha sido porque eu me comovi. Simplesmente fiquei danada porque ninguém havia me contado antes. Quero dizer, acho que posso entender que seria constrangedor para ele ser obrigado a admitir ao povo de Genovia que tinha uma filha fora do casamento, mas esconder um fato desses durante 14 anos? Aí já é negação demais.

Meu colega de biologia, o Kenny, que também tem aula de inglês com a sra. Spears, diz que vai escrever sobre a viagem da família dele à Índia no verão passado. Ele contraiu cólera lá, e quase morreu. Enquanto jazia no seu leito no hospital naquele distante país estrangeiro, percebeu que estamos neste planeta apenas por um breve momento, e que é fundamental que passemos cada momento que nos resta como se fosse o último. É por isso que Kenny está dedicando sua vida a encontrar a cura para o câncer e promover os desenhos animados japoneses.

Kenny é um sortudo. Se ao menos eu pudesse contrair uma doença potencialmente fatal...

Estou começando a sacar que a única coisa profunda na minha vida é sua total e absoluta falta de profundidade.

## Mercado Jefferson
## Garantia de frutas e hortaliças fresquinhas
## Entregas rápidas grátis

## Pedido número 2764

1 pacote de coalhada de soja
1 garrafa de germe de trigo
1 pacote de pão de forma integral
5 *grapefruits*
12 laranjas
1 cacho de bananas
1 pacote de levedo de cerveja
1 litro de leite desnatado
1 litro de suco de laranja (fresco)
500 gramas de manteiga
1 dúzia de ovos
1 pacote de sementes de girassol sem sal
1 caixa de cereais integrais
Papel higiênico
Cotonetes

## Endereço para entrega

Mia Thermopolis, 1005 — Thompson Street, número 4A

## Sábado, 25 de Outubro, Duas da Tarde, Suíte da Grandmère

Estou aqui sentada esperando a hora da minha entrevista. Além da minha dor de garganta, sinto-me como se fosse vomitar. Talvez minha bronquite tenha se transformado em gripe ou coisa assim. Talvez o *falafel* que eu pedi para o jantar ontem à noite tenha sido feito com ervilhas passadas, ou coisa parecida.

Ou talvez eu só esteja uma pilha de nervos, uma vez que essa entrevista vai ser transmitida para mais ou menos 22 milhões de lares na noite de segunda-feira.

Embora eu ache muito difícil crer que 22 milhões de famílias possam estar interessadas em alguma coisa que eu tenha a dizer.

Li que, quando o príncipe William vai ser entrevistado, recebe as perguntas uma semana antes, para ter tempo de pensar em respostas realmente inteligentes e incisivas. Ao que parece, os membros da família real genoviana não merecem a mesma cortesia. Não que, mesmo com uma semana de antecedência, eu pudesse pensar em alguma resposta inteligente ou incisiva. Ora, tá legal, talvez inteligente, mas, decididamente, não incisiva.

Mas talvez nem mesmo inteligente, dependendo das perguntas que fizerem.

Por isso, estou sentada aqui, me sentindo como se fosse vomitar, e gostaria de poder me apressar e acabar logo com isso. Devia **ter** começado há duas horas.

Só que Grandmère não está satisfeita com a maquiagem que a especialista em estética usou em meus olhos. Diz que estou parecendo uma *poulet*. Isso quer dizer "prostituta" em francês. Ou galinha. Mas quando a minha Grandmère usa essa palavra, quer dizer sempre prostituta.

Por que eu não posso ter uma avó normal e agradável, que faça *rugelach* e me ache maravilhosa, não importa o que use? A avó da Lilly nunca disse a palavra prostituta na vida, nem em iídiche. Tenho absoluta certeza disso.

Então a maquiadora precisou ir à loja de presentes do hotel para ver se tinham sombra azul. Grandmère quer azul porque diz que combina com meus olhos. Mas meus olhos são cinzentos. Acho que Grandmère é daltônica.

Isso explicaria um montão de coisas.

Conheci a Beverly Bellerieve. A única coisa boa em tudo isso é que ela parece quase humana. Disse-me que se fizesse alguma pergunta que eu achasse muito pessoal ou constrangedora, eu podia simplesmente dizer que não queria responder. Não é legal?

Além disso, ela é uma gata. Deviam ver como meu pai ficou. Já posso dizer que a Beverly vai ser a namorada desta semana. Ora, ao menos é melhor do que as mulheres com as quais ele costuma andar. Pelo menos a Beverly não parece estar usando fio dental. E parece ter um cérebro que ainda funciona.

Dessa forma, considerando-se que a Beverly Bellerieve está se mostrando tão agradável, e tal, eu não deveria estar tão nervosa.

E na verdade, não tenho tanta certeza se é só a entrevista que está me fazendo sentir como se fosse botar os bofes pra fora. No fundo, foi uma coisa que o meu pai me disse, quando entrei. Era a primeira vez que o via desde o tempo que ele passou no *loft*, enquanto eu estava doente. De qualquer maneira, ele me perguntou como eu me sentia e tudo, e eu menti, dizendo que estava bem, e aí ele perguntou: "Mia, o seu professor de álgebra..."

E eu imediatamente o interrompi: "Que tem o meu professor de álgebra?", pensando que ele ia me perguntar se o sr. Gianini estava me ensinando números paralelos.

Só que NÃO foi nada disso que ele me perguntou. Ao contrário, perguntou: "O seu professor de álgebra está morando aqui no apartamento?"

Ora, fiquei tão chocada que não soube o que dizer. Porque é claro que o sr. Gianini não está morando lá. Não exatamente.

Mas vai estar. E provavelmente vai ser dentro de bem pouco tempo.

Então eu simplesmente respondi: "Hã... não."

E meu pai fez cara de aliviado! Ele me pareceu aliviado mesmo!

Então como ele vai ficar quando descobrir a verdade?

É muito difícil se concentrar no fato de que estou para ser entrevistada por essa telejornalista de renome mundial, quando só consigo pensar no que o coitado do meu pai vai sentir quando descobrir que minha mãe vai se casar com o meu professor de álgebra e também ter um filho dele. Não que eu ache que meu pai ainda ame a minha mãe, nem nada. Só que, como a Lilly declarou uma vez, essa vida dele, pulando de cama em cama, é uma indicação clara de que ele não consegue trabalhar bem essa coisa da intimidade.

E com Grandmère como mãe, pode-se entender bem a causa disso.

Acho que ele realmente gostaria de ter o que minha mãe tem com o sr. Gianini. Quem sabe como ele vai receber a notícia do casamento iminente deles, quando minha mãe finalmente criar coragem para lhe contar? Talvez ele entre em parafuso. Talvez queira que eu vá morar com ele em Genovia para consolá-lo!

E é claro que vou ter que aceitar, porque ele é meu pai e eu o amo, e tal.

Só que eu não estou nem um pouco a fim de ir morar em Genovia. Quero dizer, eu sentiria saudades da Lilly e da Tina Hakim Baba e de todos os meus outros amigos. E o Jo-C-rox? Como é que eu ia descobrir quem é ele? E o Fat Louie, o que seria dele? Me deixariam ficar com ele, ou não? Ele é muito bem comportado (a não ser por aquele negócio de ficar engolindo meias e a história da coleção de coisinhas brilhantes) e se houvesse ratos no castelo, ele acabaria com eles. Mas e se não fossem permitidos gatos no palácio? Sabem, não mandei arrancar as unhas dele, de forma que se houver algum móvel valioso, ou alguma tapeçaria caríssima, coisas assim, podem ir dando adeus a eles...

O sr. G e a minha mãe já estão resolvendo onde ele vai colocar as coisas dele quando ele se mudar para o nosso *loft*. E o sr. G parece ter umas coisas bem maneiras. Como uma mesa de totó, uma bateria (quem diria que o sr. G gosta de música?), uma máquina de fliperama *E* uma televisão de tela plana de 36 polegadas!

Não estou brincando, não. Ele é muito mais legal do que eu jamais pensei.

Opa, a especialista em estética voltou com a sombra azul.

Juro que vou vomitar. Ainda bem que estive nervosa demais até agora para comer alguma coisa.

# Sábado, 25 de Outubro, Sete da Noite, no Caminho para a Casa da Lilly

Ai, meu Deus, ai, meu Deus, ai, meu Deus, AI, MEU DEUS!!!!
Fiz besteira. Dessa vez eu FIZ BESTEIRA mesmo.
Não sei o que me deu. Sinceramente, não sei. Tudo estava indo muito bem. Sabem, a tal Beverly Bellerieve, ela é tão... legal! Eu estava mesmo muito nervosa, e ela fez o máximo para tentar me acalmar.
Mesmo assim, acho que soltei a língua mais do que devia.
Acho??? EU SEI que soltei.
Não fiz de propósito. Não fiz mesmo. Nem mesmo sei como deixei escapar aquilo. Estava tão nervosa e afoita, com todas aquelas luzes e o microfone e tudo na minha frente. Eu me senti... sei lá. Como se estivesse na diretoria do colégio, enfrentando a diretora Gupta e revivendo toda aquela situação do xarope de codeína outra vez.
Então, quando a Beverly Bellerieve perguntou: "Mia, não recebeu uma notícia empolgante recentemente?", entrei em parafuso. Um lado meu disse: "Como ela descobriu?" E outro lado pensou: "Milhões de pessoas vão ver isso. Demonstre alegria."
Então respondi: "Ah. Sim. É, estou mesmo muito animada. Sempre quis ser irmã mais velha. Mas eles não querem chamar muita atenção, sabe. Vai ser só uma cerimônia discreta no prédio da prefeitura, e eu serei a testemunha..."
Foi aí que o meu pai deixou cair o copo de Perrier que estava

tomando. Em seguida Grandmère começou a respirar descontroladamente, como se estivesse perdendo o fôlego, e foi obrigada a respirar dentro de um saco de papel para se acalmar.

E eu fiquei ali, falando comigo mesma. Ai, meu Deus. Ai, meu Deus, o que eu fiz?

É claro que no fim a Beverly Bellerieve não estava se referindo à gravidez da minha mãe. É claro que não. Como é que ela poderia saber disso?

O que ela queria saber mesmo, é claro, era sobre meu F em álgebra, que tinha melhorado para um D.

Tentei me levantar e ir até o meu pai para consolá-lo, porque via que ele tinha afundado numa poltrona e estava com a cabeça apoiada nas mãos. Mas estava toda enroscada em fios de microfone. Os técnicos de som tinham levado mais de uma hora para acertar os fios, e eu não queria tirá-los do lugar, nem nada, mas via que os ombros do meu pai estavam balançando, e tinha certeza de que ele estava chorando, exatamente como faz sempre no final do filme *Free Willy*, embora tente fingir que é só alergia.

Beverly, ao ver isso, fez sinal de cortar com a mão para os câmeras, e muito gentilmente me ajudou a me desenroscar dos fios.

Só que quando eu finalmente cheguei perto do meu pai, vi que ele não estava chorando... Mas ele certamente não parecia estar muito bem. A voz dele também não estava muito boa, quando ele pediu, meio rouco, que alguém lhe trouxesse um uísque.

Depois de três ou quatro goles, porém, ele recuperou um pouco da cor. Não posso dizer o mesmo de Grandmère. Acho que ela nunca mais vai se recuperar. Da última vez que a vi, ela estava derrubando um *sidecar* no qual alguém havia colocado comprimidos de Alka-Seltzer.

Nem mesmo quero pensar no que minha mãe vai dizer quando descobrir o que fiz. Quero dizer, mesmo que meu pai tenha dito para eu não ficar grilada, que ele vai explicar tudo à mamãe, eu não sei, não. Ele estava com uma cara meio esquisita. Espero que não esteja planejando dar uma porrada no sr. G.

Eu e essa minha boca grande. Minha boca ENORME, GROTESCA, DESPROPORCIONALMENTE DESCOMUNAL!

Não há como dizer o que mais eu falei depois que a entrevista prosseguiu. Eu me assustei tanto com aquele início, que não consigo me lembrar de uma única coisa que a Beverly Bellerieve possa ter me perguntado.

Meu pai me garantiu que não tem nem um pouquinho de ciúme do sr. Gianini, que está muito feliz pela minha mãe, e que acha que a mamãe e o sr. G formam um casal e tanto. Eu acho que ele está dizendo a verdade. Ele me pareceu refeito, após o choque inicial. Depois da entrevista, notei que ele e a Beverly Bellerieve estavam batendo o maior papo.

E tudo que digo é graças a Deus que vou direto para a casa da Lilly depois que sair do hotel. Ela vai me pedir para ajudá-la a filmar o episódio da próxima semana do seu programa. Talvez, dessa forma, quando a minha mãe me vir amanhã, tenha tido tempo de processar tudo isso e possa até ter me perdoado.

Assim espero.

# Domingo, 26 de Outubro, Duas da Manhã, Quarto da Lilly

Tá legal, eu só tenho uma pergunta: por que é que tudo sempre precisar ir de mal a pior para o meu lado?

Quero dizer, aparentemente, não basta:

1. Eu ter nascido sem qualquer tipo de crescimento nas minhas glândulas mamárias
2. Meus pés serem tão grandes quanto as coxas de uma pessoa normal
3. Eu ser a única herdeira do trono de um principado europeu
4. Minha média de pontos ainda estar caindo apesar de tudo
5. Eu ter um admirador secreto que não se declara
6. Minha mãe estar grávida do meu professor de álgebra, e
7. Os Estados Unidos inteiros saberem disso depois da transmissão de segunda à noite da minha entrevista exclusiva no *Twenty Four/Seven*.

Não, além de tudo isso, eu sou a única da minha turma de amigas que ainda não deu um beijo de língua.

Falo sério. Para o programa da semana que vem, a Lilly insistiu em filmar o que ela chama de confessional à la Scorcese, no qual ela espera exemplificar o ponto de degradação total ao qual a juventude de hoje em dia se reduziu. Então nos fez todas confessarmos diante da câmera nossos piores pecados, e descobrimos que Shameeka, Tina Hakim Baba, Ling Su e Lilly, ou seja, TODAS já receberam beijos de língua de rapazes. Todas elas.

Menos eu.

Tudo bem, a Shameeka não me surpreendeu. Desde que os seios dela começaram a aparecer, no verão, os rapazes ficam em torno dela como se ela fosse a versão mais recente da Lara Croft ou coisa assim. E a Ling Su e aquele cara de Clifford que ela anda namorando já avançaram o sinal há muito tempo.

Mas a Tina? Quero dizer, ela tem guarda-costas, como eu. Quando foi que ela conseguiu ficar sozinha com um garoto por tempo suficiente para ele lhe meter a língua na boca?

E a Lilly? Peraí, a Lilly, MINHA MELHOR AMIGA? Que eu pensei que me contasse tudo (mesmo que eu não precise lhe retribuir esse favor)? Ela já sabe como é o contato de uma língua de rapaz na dela, e nunca pensou em me contar até AGORA?

Boris Pelkowski aparentemente é muito mais come-quieto do que se suspeitava, considerando-se todo aquele negócio do suéter.

Sinto muito, mas isso é simplesmente nojento. Nojento, nojento, nojento, nojento. Eu preferiria morrer uma solteirona seca e nunca beijada do que receber um beijo de língua do Boris Pelkowski. Quero dizer, sempre tem COMIDA grudada no aparelho dentário dele. E não é qualquer tipo de comida, mas umas coisas geralmente esquisitas, multicoloridas, como balas Gummi Bears e Jelly Bellies.

Ainda bem que, segundo a Lilly, ele tira o aparelho quando eles se beijam.

Gente, eu estou mesmo jogada às traças. O único cara que me beijou na vida fez isso só para que a foto dele saísse no jornal.

É, até que ele quis meter a língua, sim, mas acreditem, eu mantive os lábios bem fechados.

E como nunca recebi um beijo de língua, e não tinha nada de bom para confessar no programa, Lilly resolveu me punir com um Desafio. Ela nem me perguntou se eu preferia Verdade.

Lilly me desafiou a jogar uma berinjela na calçada, da janela do quarto dela, no décimo sexto andar.

Eu disse que certamente aceitaria, mesmo que, é claro, não estivesse totalmente disposta a fazer isso. Achei uma ideia bem babaca. Alguém podia se machucar gravemente. Sou a favor de se exemplificar o grau de degradação a que chegaram os adolescentes americanos, mas não quero que ninguém quebre a cabeça.

Mas o que podia eu fazer? Era um Desafio. Eu teria que cumpri-lo. Já é ruim demais nunca ter recebido um beijo de língua. Eu não quero que me tachem de repressora também.

E não podia exatamente ficar ali de pé e dizer: bom, tudo bem, talvez eu nunca tenha recebido um beijo de língua de nenhum rapaz mas recebi uma carta de amor que certamente foi escrita por um. Um rapaz, quero dizer.

Porque e se o Michael for o Jo-C-rox? Sei que ele provavelmente não é, mas... ora, e se for? Não quero que a Lilly saiba — assim como também não quero que ela saiba sobre minha entrevista com a Beverly Bellerieve, nem que minha mãe e o sr. G vão se casar. Estou tentando de todas as formas ser uma menina normal, e, francamente, nada do que mencionei acima pode ser nem remotamente interpretado como normal.

Acho que o conhecimento de que em alguma parte do mundo há um garoto que gosta de mim me dá uma sensação de poder — algo que eu certamente poderia ter usado durante minha entrevista com a Beverly Bellerieve, mas pombas! Talvez não seja capaz de formar uma frase coerente quando há uma câmara de tevê voltada para a minha direção, mas pelo menos sou capaz, resolvi, de jogar uma berinjela pela janela.

Lilly ficou chocada. Eu nunca havia aceitado um Desafio desses antes.

Não posso realmente explicar por que fiz isso. Talvez estivesse apenas tentando corresponder à minha reputação de uma garota muito Josie.

Ou talvez eu tivesse mais medo do que a Lilly tentaria me obrigar a fazer se eu dissesse não. Uma vez ela me obrigou a correr pelo corredor pelada. Não o corredor dentro do apartamento dos Moscovitz, o corredor do prédio, o dos elevadores!

Quaisquer que tenham sido meus motivos, logo me vi passando pé ante pé pela sala, diante dos Drs. Moscovitz — que estavam descansando de calças de moletom na sala de estar, com pilhas de periódicos médicos importantes espalhadas por toda parte em torno das poltronas — embora o pai de Lilly estivesse lendo um exemplar da *Sports Illustrated* e a mãe dela estivesse lendo *Cosmo* —, e esgueirando-me até a cozinha.

"Oi, Mia", disse o pai de Lilly, detrás da sua revista. "Como vai?"

"Hã", disse eu nervosa. "Bem."

"E como vai sua mãe?", indagou a mãe da Lilly.

"Vai bem", respondi.

"Ela ainda está se encontrando socialmente com seu professor de álgebra?"

"Hã, sim, Dr. Moscovitz", disse eu. Mais do que o senhor imagina.

"E você ainda aprova a relação entre eles?", quis saber o pai de Lilly.

"Hã", disse eu. "Sim, Dr. Moscovitz." Não achei que seria o momento apropriado para mencionar o fato de que mamãe está esperando um filho do sr. G. Quero dizer, eu estava no meio de um Desafio, afinal. Não dá para parar e fazer psicanálise quando se está num Desafio.

"Ora, mande-lhe lembranças minhas", disse a mãe de Lilly. "Mal podemos esperar a próxima exposição dela. É na Galeria Mary Boone, não?"

"Sim, senhora", respondi. Os Moscovitz são grandes fãs do trabalho da minha mãe. Uma de suas melhores obras, a *Mulher apreciando um lanche rápido na Starbucks*, está pendurada na sala de estar deles.

"Estaremos lá", garantiu o pai de Lilly.

Ele e a esposa voltaram a ler suas revistas, então corri para a cozinha.

Encontrei uma berinjela na gaveta dos legumes. Escondi-a sob a camiseta de forma que os Drs. Moscovitz não me vissem me esgueirando para o quarto da filha deles com um legume ovoide gigante, algo que certamente causaria perguntas indesejáveis. Enquanto a transportava, pensava: *É assim que minha mãe vai estar dentro de alguns meses.* Não foi um pensamento muito consolador. Não acho que, enquanto estiver grávida, minha mãe vá se vestir de forma mais conservadora do que quando não grávida.

Quero dizer, não muito.

Depois, enquanto Lilly narrava gravemente no microfone como Mia Thermopolis ia aplicar um golpe nas meninas certinhas de toda parte, e Shameeka filmava, abri a janela, vi bem se não havia vítimas inocentes em potencial, e aí...

"Lançando a bomba", disse, como nos filmes.

Foi *mesmo* bem legal ver aquela berinjela enorme e roxa — era do tamanho de uma bola de futebol americano — descer girando até a calçada. Há bastante postes de iluminação na Quinta Avenida, onde moram os Moscovitz, para que pudéssemos ver o legume mergulhando, mesmo sendo noite. A berinjela foi caindo, caindo, passando pelas janelas de todos os psicanalistas e banqueiros de investimentos (os únicos que podem pagar apartamentos no prédio de Lilly), até que de repente...

SPLASH!

Atingiu a calçada.

Só que não atingiu simplesmente a calçada. Explodiu na calçada, projetando pedaços de berinjela, que voaram para todos os lados — a maioria deles contra um ônibus da linha M1 que estava passando na hora, mas um bom pedaço sobre um Jaguar que passava devagarinho.

Enquanto eu estava debruçada na janela, admirando a mancha produzida pela polpa da berinjela na rua e na calçada, a porta do motorista do Jaguar se abriu e um homem saiu de trás do volante, exatamente quando o porteiro do edifício de Lilly saiu de baixo do toldo que tem diante da portaria, e olhou para cima...

De repente, alguém me abraçou pela cintura e me puxou para trás, erguendo-me do chão.

"Abaixe-se!", sussurrou Michael, puxando-me para o assoalho.

Todos nos abaixamos. Ora, Lilly, Michael, Shameeka, Ling Su e Tina se abaixaram. Eu já estava no chão.

De onde tinha vindo o Michael? Eu nem mesmo sabia que ele estava em casa — e tinha perguntado, juro, por causa da tal coisa de correr pelo corredor pelada, e tal. Só por via das dúvidas, essas coisas.

Mas Lilly tinha respondido que ele estava numa palestra sobre quasares na Universidade de Colúmbia e levaria horas para voltar para casa.

"Vocês são burras ou coisa assim?", perguntou Michael. "Não sabem que, além de ser uma boa forma de se matar alguém, também é contra a lei jogar coisas pela janela em Nova York?"

"Ai, Michael", disse Lilly, enojada. "Desencana, cara, larga de ser infantil, vai. É só uma hortaliça como qualquer outra."

"Estou falando sério." Michael parecia furioso. "Se alguém visse a Mia fazer isso que acabou de fazer, ela podia ser presa."

"Não podia, não", disse Lilly. "Ela é menor de idade."

"Podia parar no juizado de menores. É melhor não estar planejando mostrar isso no seu programa", disse Michael.

Caramba, Michael estava defendendo minha honra! Ou pelo menos tentando evitar que eu fosse parar no juizado de menores. Foi uma coisa tão gentil da parte dele... Tão... bem, tão Jo-C-rox da parte dele.

Lilly prosseguiu: "Claro que vou mostrar, sim."

"Bom, é melhor cortar as partes que mostram o rosto da Mia."

Lilly empinou o queixo.

"De jeito nenhum."

"Lilly, todo mundo sabe quem é a Mia. Se puser isso no ar, os jornais todos vão noticiar que a princesa de Genovia foi filmada atirando projéteis pela janela do apartamento da amiga, que fica num arranha-céu nova-iorquino. Vê se cai na real, garota."

Michael havia soltado minha cintura, pelo que notei, com hesitação.

"Lilly, o Michael tem razão", disse Tina Hakim Baba. "É melhor cortarmos essa parte. Mia não precisa de mais publicidade do que já tem."

E Tina nem ao menos sabia da entrevista do *Twenty-Four/Seven*.

Lilly se levantou e voltou pisando firme para a janela. Começou a debruçar-se — para ver, acho, se o porteiro do prédio e o dono do Jaguar ainda estavam por perto —, mas o Michael puxou-a para dentro.

"Regra Número Um", disse ele. "Se insistir em jogar coisas pela janela, nunca, jamais, vá ver se alguém está olhando para cima. Eles vão ver você olhando e calcular em que apartamento está. Porque ninguém, a não ser o culpado, vai olhar pela janela numa circunstância dessas."

"Uau, Michael", disse Shameeka, admirada. "Parece até que você já fez isso antes!"

Não era só isso. Ele parecia até o Dirty Harry.

Exatamente como senti quando atirei a berinjela pela janela. Me senti como o Dirty Harry.

E tinha sido bom — mas não tão bom quanto ver o Michael me defender daquele jeito.

Michael disse: "Digamos que eu costumava me interessar muito por experiências com a força gravitacional da Terra."

Uau! Tem muita coisa que não sei sobre o irmão de Lilly. Como o fato de que ele já foi um delinquente juvenil!

Será que um gênio da informática-delinquente juvenil pode um dia se interessar por uma princesa sem peito como eu? Ele realmente salvou minha vida esta noite (tudo bem: ele me salvou de uma possível prestação de serviço comunitário).

Não é um beijo de língua, nem uma dança lenta, nem mesmo uma admissão de que ele é o autor daquela carta anônima.

Mas já é um começo.

Eu sei o que você está pensando:
Ele deu seis tiros, ou só cinco?
Francamente, naquela confusão toda,
Eu fiquei meio perdido
Mas você precisa se perguntar:

(batida)

Eu me sinto com sorte?

(longa pausa)

E aí?

(longa pausa)

Você se sente, moleque?

**COISAS A FAZER**

1. Diário de inglês
2. Parar de pensar naquela carta estúpida
3. Idem quanto ao Michael Moscovitz
4. Idem quanto à entrevista
5. Idem quanto à mamãe
6. Trocar a areia da caixa do gato
7. Deixar as roupas na lavanderia
8. Mandar o zelador instalar a tranca na porta do banheiro
9. Comprar: Detergente
Cotonetes
Padiola (para a mamãe)
Aquela coisa que a gente bota nas unhas que as deixa com gosto ruim
Uma coisa legal para o sr. Gianini, para dar-lhe boas-vindas à família
Uma coisa legal para o papai, para dizer não se preocupe, um dia você também vai encontrar seu verdadeiro amor.

# Domingo, 26 de Outubro, Sete da Noite

Eu estava com muito medo de que, ao chegar em casa, minha mãe estivesse decepcionada comigo.

Não *gritar* comigo. Minha mãe não é mesmo do tipo que grita.

Mas ela fica decepcionada comigo, como quando eu faço uma besteira do tipo não ligar e lhe dizer onde estou se ficar fora até tarde (o que, dada minha vida social, ou falta dela, quase nunca acontece).

Mas dessa vez eu tinha aprontado legal, tinha aprontado bonito, mesmo. Foi mesmo muito difícil sair do apartamento dos Moscovitz de manhã e vir para casa, sabendo o potencial de decepção que me aguardava lá.

Claro que é sempre difícil sair do apartamento de Lilly. Toda vez que eu vou lá é como tirar férias da minha vida real. Lilly tem uma família ótima, normal. Ora, tão normal quanto dois psicanalistas cujo filho tem seu próprio e-zine e cuja filha tem seu próprio programa de televisão a cabo podem ser. Na casa dos Moscovitz, o maior problema é sempre de quem é a vez de levar o Pavlov, o cachorro deles, um pastor de Shetland, para passear na rua, ou se vão pedir comida chinesa ou tailandesa para viagem.

Na minha casa, os problemas sempre parecem um pouco mais complicados.

Só que, naturalmente, quando afinal criei coragem de voltar para casa, minha mãe ficou toda alegre em me ver. Me deu um grande abraço e me disse para não me preocupar com o que tinha acontecido na gravação da entrevista. Disse que o papai havia falado com ela, e que ela entendeu tudinho. Até tentou me fazer crer que tinha sido culpa dela por não ter contado nada a ele logo.

Sei que isso é mentira — a culpa na verdade é minha, minha e da minha boca idiota —, mas foi legal ouvir, assim mesmo.

Então, tivemos uns momentos agradáveis planejando o casamento dela e do sr. G para o Dia das Bruxas, porque a ideia de se casar é mesmo assustadora. Como ia ser na prefeitura, isso significava que eu provavelmente teria que faltar à escola, mas por mim, tudo bem!

Como seria Dia das Bruxas, mamãe resolveu que, em vez de vestido de noiva, iria para o cartório de King Kong. E quer que eu me vestisse de Empire State Building (Deus sabe que tenho altura para isso). Estava tentando convencer o sr. G a vestir-se de Fay Ray, quando o telefone tocou, e ela disse que era a Lilly, para mim.

Fiquei surpresa, porque tinha acabado de sair da casa dela, mas imaginei que devia ter esquecido a escova de dentes lá, ou coisa assim.

Só que ela não estava ligando por causa disso. Não era por isso que ela estava ligando — como descobri quando ela perguntou, azeda: "Que negócio é esse de você ser entrevistada pelo *Twenty Four/Seven* esta semana?"

Fiquei besta. Cheguei a pensar que a Lilly tinha sexto sentido ou coisa assim, e tinha escondido isso de mim todos esses anos. Aí perguntei: "Como soube?"

"Porque tem comerciais anunciando a entrevista a cada cinco minutos na televisão, sua lerda."

Liguei a televisão. Lilly tinha razão! Em todos os canais, havia comerciais dizendo para os telespectadores não perderem "na noite de amanhã", a entrevista exclusiva de Beverly Bellerieve com a "Realeza americana, a princesa Mia".

Ai, meu pai do céu. Minha vida virou mesmo ao avesso.

"Então por que não me contou que vai aparecer na tevê?", perguntou Lilly.

"Sei lá", disse eu, sentindo de novo vontade de vomitar. "Aconteceu ontem, não tem essa importância toda."

Lilly começou a berrar tão alto, que eu tive de afastar o telefone do ouvido.

"COMO NÃO TEM ESSA IMPORTÂNCIA TODA? Você foi entrevistada pela Beverly Bellerieve e NÃO TEM ESSA IMPORTÂNCIA TODA? Não percebe que a BEVERLY BELLERIEVE É UMA DAS MAIS POPULARES E MAIS DURONAS JORNALISTAS DOS ESTADOS UNIDOS, e que ela é MINHA ÍDOLA E MODELO PROFISSIONAL?"

Quando ela finalmente se acalmou o suficiente para me deixar falar, tentei lhe explicar que não fazia ideia dos méritos jornalísticos da Beverly, muito menos que era a ídola e a heroína da Lilly. Ela só me pareceu, disse eu, uma pessoa muito atenciosa.

A essa altura, a Lilly já não me aguentava mais. Disse: "O único motivo pelo qual não estou fula com você é que amanhã você vai me contar tudo, nos mínimos detalhes."

"Vou, é?"

Então fiz uma pergunta mais importante:

"Por que você deveria estar fula da vida comigo?" Eu realmente queria saber.

"Porque me deu direitos exclusivos para entrevistá-la", explicou Lilly. "Para o *Lilly Tells It Like It Is.*"

Não me lembro de ter dito isso, mas acho que deve ser verdade.

Grandmère, eu podia ver pelos comerciais, estava certa sobre a sombra azul. Coisa que me surpreendeu, porque ela nunca acertou em muita coisa.

**AS CINCO COISAS PRINCIPAIS SOBRE AS QUAIS GRANDMÈRE ESTAVA ERRADA**

1. Meu pai ia sossegar quando encontrasse a mulher certa.
2. O Fat Louie ia tapar minha respiração e me sufocar enquanto eu dormia.
3. Se eu não fosse para uma escola de meninas, ia contrair uma doença social.
4. Se eu furasse as orelhas, elas se infeccionariam e eu morreria de septicemia.
5. Eu ganharia corpo quando chegasse à adolescência.

# Domingo, 26 de Outubro, Oito da Noite

Vocês não vão acreditar no que entregaram na nossa casa enquanto eu estava fora. Tinha certeza de que era engano, até ver o seguinte pedido anexo. Vou matar a minha mãe.

Mercado Jefferson
Garantia de frutas e hortaliças fresquinhas
Entregas rápidas grátis

## Pedido número 2803

1 pacote de pipocas para micro-ondas sabor queijo
1 caixa de bebida achocolatada Yoo Hoo
1 vidro de azeitonas de coquetel
1 pacote de biscoitos recheados Oreo
1 caixa de sorvete com cobertura de chocolate
1 pacote de salsichas de carne de boi
1 pacote de pães para cachorro-quente
1 pacote de palitinhos de queijo
1 saco de gotas de chocolate ao leite
1 saco de batatas fritas sabor churrasco
1 saco de amendoins para comer com cerveja
1 saco de biscoitos Milano
1 pote de pepinos doces em conserva tipo *gherkin*

Papel higiênico
3 quilos de presunto

**Endereço para entrega:**
Helen Thermopolis, 1005 — Thompson Street, número 4A

    Será que ela não desconfia como toda essa gordura saturada e todo esse sódio vão prejudicar seu bebê ainda não nascido? Já estou vendo que o sr. Gianini e eu vamos precisar redobrar nossa vigilância durante os próximos sete meses. Já dei tudo, menos o papel higiênico a Ronnie, nossa vizinha. Ronnie diz que vai dar todas as porcarias para as crianças fantasiadas que aparecerem pedindo gostosuras no Dia das Bruxas. Ela precisa vigiar o peso desde a operação de mudança de sexo. Agora que está tomando todas aquelas injeções de estrogênio, tudo vai direto para os quadris.

## Domingo, 26 de Outubro, Nove da Noite

Mais uma mensagem eletrônica de Jo-C-rox!
Essa dizia:

JoCrox: Oi, Mia. Eu acabei de ver o anúncio da sua entrevista. Você está linda.
Desculpe não poder te dizer quem eu sou. Estou surpreso por você ainda não ter adivinhado. Agora pare de ler suas mensagens de correio eletrônico e vá fazer sua lição de álgebra. Sei como se preocupa com isso. É uma das coisas de que mais gosto em você.
Seu Amigo

Tá legal, isso está me levando à loucura. Quem pode ser? Quem????
Respondi no ato:

FtLouie: QUEM É VOCÊ ??????????????????????????????????
????????????????????????????????????????????????????????
????????????????????????????????????????????????????????

Estava torcendo para ele finalmente se tocar, mas ele simplesmente não respondeu. Estava tentando lembrar quem sabe que sempre espero até a última hora para fazer o dever de álgebra. Infelizmente, acho que todos sabem disso.

Só que a pessoa que sabe melhor do que todo mundo é o Michael. Quer dizer, ele não me ajuda todo dia no meu dever de álgebra na aula de S & T? E ele está sempre me dando bronca por não colocar meus restos em linhas bem retas, e tudo mais.

Se AO MENOS o Jo-C-rox fosse o Michael Moscovitz... Se ao menos, se AO MENOS...

Mas tenho certeza de que não é. Isso simplesmente seria bom demais para ser verdade. E coisas realmente excelentes como essas só acontecem com garotas como a Lana Weinberger, nunca com garotas como eu. Conhecendo minha sorte, na certa é aquele cara esquisitão do chili. Ou algum cara que respira pela boca, como o Boris.

POR QUE EU?

# Segunda-Feira, 27 de Outubro, S & T

Infelizmente, acontece que a Lilly não é a única que notou os anúncios do programa de hoje à noite.

Todos estão falando disso. Quero dizer, TODOS MESMO.

E todos estão dizendo que vão assistir à entrevista.

Isso significa que amanhã todos já vão estar sabendo da minha mãe e do sr. Gianini.

Não que eu me importe com isso. Não é vergonha nenhuma. Absolutamente. A gravidez é uma coisa bela e natural.

Mas mesmo assim eu gostaria de me lembrar de mais coisas que rolaram enquanto eu e a Beverly conversávamos. Porque tenho certeza de que o casamento iminente da mamãe não foi nosso único assunto. E estou com um medo danado de ter dito outras coisas que possam ter parecido burrice.

Resolvi avaliar com mais carinho aquela ideia de estudar em casa, só por via das dúvidas...

Tina Hakim Baba me disse que a mãe dela, que foi supermodelo na Inglaterra antes de se casar com o sr. Hakim Baba, costumava dar entrevistas o tempo todo. A sra. Hakim Baba diz que como cortesia os entrevistadores lhe enviavam uma cópia da fita antes que ela fosse ao ar, de forma que, se ela tivesse alguma objeção, podia cortar as partes indesejadas antes de a coisa ser transmitida.

Essa me pareceu uma boa ideia, e por isso, na hora do almoço, liguei para o hotel do meu pai e lhe perguntei se ele podia pedir a Beverly para fazer isso para mim.

Aí ele disse: "Espere um momentinho", e perguntou a ela. Então a Beverly estava lá mesmo! No quarto de hotel do meu pai! Numa tarde de segunda-feira!

Aí, para meu espanto total, Beverly Bellerieve em pessoa disse ao telefone: "Qual é o problema, Mia?"

Eu lhe disse que ainda estava meio nervosa com a entrevista, e lhe perguntei se podia assistir a uma cópia da fita antes de ela ir ao ar.

Beverly me disse um monte de baboseiras, que eu era um amor, que isso não seria necessário. Agora que estou pensando nisso, não me lembro exatamente do que ela disse, mas simplesmente fiquei com uma sensação avassaladora de que tudo daria certo no final.

Beverly é uma dessas pessoas que fazem você se sentir muito bem consigo mesma. Não sei como ela consegue.

Não admira que o meu pai não deixe ela sair do quarto de hotel dele desde o sábado.

Dois carros, um indo para o norte a 64 km por horas, e um para o sul, a 80 km por hora, saem da cidade ao mesmo tempo. Em quantas horas eles estarão a 580 km um do outro?

Qual a importância disso? Quer dizer, fala sério.

## Segunda-Feira, 27 de Outubro, Biologia

A sra. Sing, nossa professora de biologia, diz que é fisiologicamente impossível morrer de chateação ou constrangimento, mas eu sei que não é verdade, porque estou tendo um ataque cardíaco neste minuto.

Isso porque, depois de S & T, quando Michael, Lilly e eu estávamos andando juntos pelo corredor, porque a Lilly ia para a aula de psicologia e eu para biologia, e Michael para a aula de cálculo, cujas salas ficam todas em frente uma da outra, no corredor, Lana Weinberger veio direto para cima da gente — DIRETO PARA O MICHAEL E EU —, e ergueu dois dedos, agitando-os para nós, dizendo: "Vocês estão namorando?"

Eu juro que podia morrer agora, neste minuto. Deviam ter visto a cara que o Michael fez. Parecia que a cabeça dele ia explodir, de tão vermelho que ficou.

E tenho certeza de que eu também não fiquei nem um pouco normal.

Lilly não ajudou, soltando uma tremenda duma gargalhada equina, e dizendo: "Até parece!"

Isso fez a Lana e as amiguinhas dela explodirem em gargalhadas também.

Não vejo a graça. Essas meninas obviamente nunca viram o Michael Moscovitz sem camisa. Mas, acreditem em mim, eu vi.

Acho que porque a coisa toda foi tão ridícula, Michael simplesmente ignorou o fato. Mas, vou lhe dizer, está ficando cada vez mais difícil eu não lhe perguntar se ele é o Jo-C-rox. Vivo procurando um jeito de meter a *Josie e as gatinhas* na nossa conversa. Sei que não devia, mas não dá pra segurar!

Não sei quanto tempo mais vou aguentar ser a única garota do primeiro ano colegial que não tem namorado!

**DEVER DE CASA**

Álgebra: problemas da página 135
Inglês: "Dê o máximo que puder de si, pois é tudo que há em você" — Ralph Waldo Emerson
Escrever suas impressões sobre essa frase no diário
Civilizações Mundiais: perguntas do fim do capítulo 9
S & T: Nada
Francês: planeje um roteiro para uma viagem imaginária a Paris
Biologia: Kenny está fazendo para mim.

Lembrar mamãe de marcar uma consulta com um geneticista. Seriam ela ou o sr. G portadores da mutação genética de Tay-Sachs? É comum em judeus vindos do leste europeu e em franco-canadenses. Será que há franco-canadenses na nossa família? DESCUBRA!

# Segunda-Feira, 27 de Outubro, Depois das Aulas

Nunca pensei que diria isso, mas estou preocupada com Grandmère.

Estou falando sério. Acho que agora ela pirou de vez mesmo. Entrei na suíte do hotel para minha lição de etiqueta de princesa hoje — porque devo ser oficialmente apresentada ao povo genoviano em uma data ainda não confirmada de dezembro, e Grandmère quer ter certeza de que não vou insultar nenhum dignitário, nem nada, durante a cerimônia — e adivinhem o que Grandmère estava fazendo?

Consultando o organizador de eventos genoviano sobre o casamento da mamãe.

Estou falando sério. Grandmère mandou o homem vir de avião lá de Genovia! Estavam os dois sentados à mesa do jantar com uma folha de papel imensa estendida diante deles, na qual havia um monte de círculos desenhados, e à qual Grandmère estava pregando uns papeizinhos. Ela ergueu a vista quando eu entrei e disse em francês: "Ah, Amelia. Ótimo. Entre e sente-se. Precisamos conversar muito, você, Vigo e eu."

Acho que meus olhos deviam estar esbugalhados. Não acreditei no que estava vendo. Estava torcendo para aquilo ser... sabe, não o que eu estivesse vendo.

"Grandmère...", disse eu. "O que está fazendo?"

"Não está na cara?" Grandmère olhou para mim com aquelas

sobrancelhas desenhadas mais altas do que nunca. "Planejando um casamento, é claro."

Engoli em seco. Aquilo era ruim. RUIM DEMAIS.

"Hummm", disse eu. "Casamento de quem, hein, Grandmère?"

Ela me olhou de um jeito sarcástico. "Adivinha", disse.

Engoli outra vez.

"Hum, Grandmère?", disse eu. "Posso falar com a senhora um instante? Em particular?"

Mas Grandmère só agitou a mão e disse: "O que tiver que me dizer, pode dizer na frente do Vigo. Ele estava morrendo de vontade de conhecê-la. Vigo, Sua Alteza Real, a princesa Amelia Mignonette Grimaldi Renaldo."

Ela omitiu o Thermopolis. Sempre omite.

Vigo pulou da cadeira e veio correndo até mim. Era bem mais baixo do que eu, mais ou menos da idade da minha mãe, e trajava um terno cinza. Ele parecia gostar de roxo, como a minha avó, pois usava uma camisa de cor lavanda de um tecido muito brilhante, com uma gravata igualmente brilhante, roxo-escuro.

"Vossa Alteza", disse, efusivo. "O prazer é todo meu. É maravilhoso conhecê-la, afinal." Ele disse a Grandmère: "A senhora tem razão, madame, ela tem o nariz dos Renaldos."

"Eu lhe disse, não disse?" A voz de Grandmère soou bem presunçosa. "Incomum."

"Positivamente." Vigo fez uma moldura com os dedos indicadores e polegares e me espiou através dela.

"Rosa", disse ele, decididamente. "Rosa, sem dúvida nenhuma. Eu adoro damas de honra vestidas de rosa. Mas as outras damas de honra vão estar de marfim, creio. Bem Diana. Também, Diana era sempre tão correta."

"É mesmo muito bom conhecê-lo", disse eu a Vigo. "Mas o negócio é que acho que minha mãe e o sr. Gianini estavam querendo uma cerimônia íntima na..."

"Prefeitura." Grandmère revirou os olhos. É bem assustador quando ela faz isso, porque, há muito tempo, ela fez maquiagem definitiva nas pálpebras para não perder tempo precioso se pintando quando podia, sabem, estar aterrorizando alguém. "Sim, já sei de tudo isso. Ridículo, é claro. Vão se casar no Salão Branco e Dourado do Plaza, com recepção logo depois no Grande Salão de Baile, como convém à mãe da futura regente de Genovia."

"Humm", disse eu. "Eu acho que eles não estão a fim disso."

Grandmère pareceu incrédula. "Mas por que não? Seu pai vai pagar, é claro. E fui muito generosa. Cada um deles pode trazer vinte e cinco convidados."

Olhei para a folha de papel diante dela. Havia mais de cinquenta papeizinhos diante dela.

Grandmère deve ter notado para onde eu estava olhando, porque disse: "Bom, eu, naturalmente, preciso de pelo menos trezentos."

Olhei espantada para ela.

"Trezentos, o quê?"

"Convidados, é claro."

Percebi que não ia poder com ela. Precisaria telefonar para pedir reforços, se quisesse fazê-la desistir.

"Talvez", disse eu, "fosse melhor eu ligar para o papai e lhe contar isso, para ver o que ele acha..."

"Boa sorte", disse Grandmère, bufando. "Ele saiu com a tal Bellerieve, e ainda não tive notícias dele. Se não tomar cuidado, vai acabar na mesma situação que seu professor de álgebra."

Mas não havia possibilidade de o papai engravidar alguém, já que o motivo pelo qual eu me tornara herdeira, no lugar de um príncipe ou princesa legítimos, era ele ter ficado estéril devido às doses maciças de quimioterapia que curaram seu câncer no testículo. Só que Grandmère parece não ter sido capaz de digerir isso ainda, considerando-se a herdeira decepcionante que eu revelei ser.

Foi nesse ponto que um ganido estranho saiu de baixo da cadeira de Grandmère. Ambas olhamos para baixo. Rommel, o *poodle* miniatura de Grandmère, estava todo encolhido, com medo de mim.

Eu sei que sou horrorosa, e tal, mas francamente, é ridículo o medo que esse cachorro sente de mim. E eu adoro animais!

Mas até são Francisco de Assis teria dificuldade para gostar do Rommel. Antes de mais nada, ele recentemente desenvolveu um distúrbio nervoso (se quiserem saber, deve ser por conviver constantemente com minha avó), que fez todo o pelo dele cair, de forma que Grandmère o veste com suéteres e casaquinhos para ele não se resfriar.

Hoje Rommel estava de bolero de pele de *vison*. Não estou brincando. Era tingido de lavanda para combinar com a pele de *vison* que estava pendurada nos ombros de Grandmère. Já é bem horrível ver uma pessoa usando peles, mas é mil vezes pior ver um animal usando a pele de outro.

"Rommel", gritou Grandmère para o cão. "Pare de rosnar."

Mas Rommel não estava rosnando. Estava ganindo. Ganindo de medo. Por me ver. A MIM!

Quantas vezes por dia eu devo ser humilhada?

"Ah, cachorro mais estúpido." Grandmère esticou o braço e ergueu Rommel, que ficou apavorado. Posso apostar que os camafeus de diamante dela estavam pinicando a coluna do coitado (ele não tem gordura nenhuma ali, e, como não tem pelo, é especialmente sensível a objetos pontudos), mas, embora ele se contorcesse para se libertar, ela não o soltou.

"Agora, Amelia", disse Grandmère. "Preciso que sua mãe e esse Fulano que vai se casar com ela escrevam os nomes dos convidados e seus endereços hoje à noite para que eu possa enviar os convites amanhã. Sei que sua mãe vai querer convidar alguns daqueles amigos mais... como direi, de espírito livre, dela, Mia, mas acho que seria melhor eles ficarem do lado de fora com os repórteres e turistas e acenarem enquanto ela entra e sai da limusine. Assim ainda terão a sensação de estarem participando, mas não incomodarão ninguém com seus penteados sem graça e vestes mal-ajambradas.

"Grandmère", disse eu "Eu acho mesmo que..."

"E que acha desse vestido?" Grandmère mostrou-me uma foto de um vestido de noiva Vera Wang com uma saia-balão que minha mãe não usaria nem morta.

Vigo observou: "Não, não, Alteza. Eu acho que é melhor esse." Aí mostrou uma foto de um vestido Armani justinho que minha mãe também não usaria nem morta.

"Ai, Grandmère", disse eu. "É mesmo muita gentileza sua, mas mamãe decididamente não quer um casamento grandioso. Juro. Definitivamente."

"*Pfuit*", disse Grandmère. *Pfuit* é "não" em francês. "Ela vai querer quando vir o *hors d'oeuvres* delicioso que vão servir na recepção. Conte a ela, Vigo.

Vigo disse, arrebatado: "Cabecinhas de cogumelos recheadas com trufas, pontinhas de aspargos envoltas por fatias de salmão finíssimas, vagens recheadas com queijo de leite de cabra, endívia com migalhas de queijo azul dentro de cada folhinha delicadamente enrolada..."

Eu disse: "Grandmère... Não, ela não vai gostar, não. Acredite em mim."

Grandmère respondeu: "Bobagem. Confie em mim, Mia, sua mãe vai adorar isso. Vigo e eu vamos fazer do dia do casamento dela um evento que ela jamais esquecerá."

Eu não tinha a menor dúvida.

Tentei de novo: "Grandmère, mamãe e o sr. G estavam mesmo planejando uma coisa bem informal e simples..."

Mas aí Grandmère me lançou um daqueles olhares dela — são mesmo assustadores — e disse, naquela sua voz mortalmente severa: "Durante três anos, enquanto seu avô estava fora, se divertindo a valer na luta contra os alemães, eu mantive os nazistas — sem falar em Mussolini — a distância. Eles disparavam morteiros às portas do palácio. Tentavam atravessar nosso fosso com seus tanques. E eu perseverei, amparada apenas na minha força de vontade. Está me dizendo, Amelia, que não posso convencer uma mulher grávida a fazer o que acho melhor?"

Ora, não estou dizendo que minha mãe tenha algo em comum

com Mussolini ou os nazistas, mas, em se tratando de oposição à minha avó, apostaria na minha mãe contra um ditador fascista, fácil, fácil.

Eu via que essa linha de raciocínio não ia ser eficaz nesse caso em particular. Então aceitei, ouvindo Vigo tagarelar sobre o cardápio que tinha escolhido, a música que havia selecionado para a cerimônia e, depois, para a recepção — até admirando o álbum do fotógrafo que ele havia escolhido.

Foi só quando eles me mostraram um dos convites que percebi uma coisa.

"O casamento é na próxima sexta-feira?"

"É", disse Grandmère.

"Mas é Dia das Bruxas!" O mesmo dia do casamento da mamãe no civil. E também, por coincidência, a mesma noite da festa da Shameeka.

Grandmère fez cara de entediada. "E daí?"

"Ora, é que... sabe, é Dia das Bruxas."

Vigo olhou para minha avó. "Que negócio é esse de Dia das Bruxas?", indagou. Aí me lembrei que eles não comemoram muito o Dia das Bruxas em Genovia.

"Um feriado pagão", respondeu Grandmère, dando de ombros. "As crianças se fantasiam e pedem doces de estranhos. Uma tradição americana abominável."

"É dentro de uma semana", observei.

Grandmère ergueu as sobrancelhas desenhadas.

"E eu com isso?"

"Bom, é que... Sabe, as pessoas... como eu... talvez já tenham outros planos."

"Não quero ser indelicado, alteza", disse Vigo, "mas queremos que a cerimônia aconteça antes que sua mãe... bem, crie barriga."

Ótimo. Então o organizador de eventos real genoviano sabe que minha mãe está grávida. Por que Grandmère simplesmente não aluga o dirigível da Goodyear e anuncia isso logo para Deus e todo o mundo?

Aí Grandmère começou a me dizer que, já que estávamos falando de casamentos, e tal, talvez fosse uma boa oportunidade para eu começar a aprender o que se esperava de quaisquer futuros consortes que eu viesse a ter.

Peraí. "Futuros *o quê?*"

"Consortes", disse Vigo, empolgado. "O esposo da monarca em exercício. O príncipe Philip é o *consorte* da rainha Elizabeth. Quem escolher para se casar com a senhorita, alteza, será seu consorte."

Pisquei para ele.

"Pensei que você fosse o organizador de eventos real genoviano", disse eu.

"Vigo não só planeja os eventos, como é também especialista em protocolo real", explicou Grandmère.

"Protocolo? Pensei que isso fosse coisa de milico..."

Grandmère revirou os olhos. "Protocolo é a forma de cerimônia e etiqueta observada por dignitários estrangeiros nas funções de Estado. No seu caso, Vigo pode explicar as expectativas em relação a seu futuro consorte. Só para não acontecer nenhuma surpresa desagradável mais tarde."

Aí Grandmère me fez escrever numa folha de papel exatamente o que Vigo dizia, de forma que, segundo ela me informou, dentro de quatro anos, quando eu estiver na faculdade, e resolver namorar com alguém completamente inadequado, eu saiba por que ela está tão zangada.

Faculdade? Grandmère obviamente não sabe que estou sendo ativamente assediada por candidatos a consorte neste exato momento.

Naturalmente, nem mesmo sei o nome verdadeiro de Jo-C-rox, mas peraí, pelo menos já é alguma coisa.

Aí descobri o que, exatamente, os consortes precisam fazer. E agora estou duvidando que vá dar um beijo de língua em alguém tão cedo. Aliás, estou entendendo perfeitamente por que minha mãe não quis se casar com meu pai — se é que ele a pediu em casamento.

Colei o papel aqui no diário:

### *Deveres de qualquer consorte real da princesa de Genovia*

*O consorte pedirá a permissão da princesa antes de sair da sala.*

*O consorte esperará a princesa terminar de falar antes de ele mesmo falar.*

*O consorte esperará a princesa erguer o garfo antes de erguer o seu às refeições.*

*O consorte não se sentará antes de a princesa ter se sentado.*

*O consorte se levantará quando a princesa se levantar.*

*O consorte não participará de nenhum esporte perigoso, como corridas automobilísticas ou de barcos, alpinismo,* sky-diving *etc., até ter concebido um herdeiro com a princesa.*

*O consorte renunciará a seu direito, no caso de anulação ou divórcio, à guarda de quaisquer filhos nascidos durante o casamento.*

*O consorte renunciará à cidadania de seu país de origem e se tornará cidadão genoviano.*

Fala sério. Com que tipo de otário eu vou acabar casando?

Aliás, vou ter sorte se alguém quiser se casar comigo assim. Qual é o palerma que vai querer se casar com uma moça que ele não pode interromper? Nem deixar falando sozinha durante uma discussão? Ou que o obrigue a renunciar ao título de cidadão do seu país?

Tremo ao pensar no babaca total e absoluto com que serei obrigada a me casar um dia. Já estou de luto pelo cara legal, que gosta de corridas de automóveis, alpinismo, *sky-diving*, que eu poderia ter tido se não fosse essa vida medíocre de princesa que sou obrigada a levar.

**CINCO PIORES COISAS DE SER PRINCESA**

1. Não poder me casar com o Michael Moscovitz (ele jamais renunciaria à cidadania americana para se tornar cidadão genoviano).

2. Não poder ir a parte alguma sem guarda-costas (gosto do Lars, mas convenhamos: até o papa às vezes consegue rezar sozinho).
3. Precisar manter uma neutralidade sobre tópicos importantes, como a indústria de carne e o fumo.
4. As lições de etiqueta palaciana de Grandmère.
5. Ainda ser obrigada a aprender álgebra, mesmo que não haja motivo para eu usar esses conhecimentos na minha futura carreira como governante de um pequeno principado europeu.

## Segunda-Feira, 27 de Outubro, Mais Tarde

Assim que chegasse em casa, diria a mamãe que ela e o sr. G precisariam fugir para casar, e imediatamente. Grandmère tinha trazido um profissional! Eu sabia que ia ser um saco, por causa da exposição da mamãe estreando em breve, e tal, mas ou isso, ou um casamento real como essa cidade não vê desde...

Bem, como nunca viu.

Mas, quando cheguei em casa, mamãe estava com a cabeça enfiada no vaso sanitário.

Acontece que o enjoo matinal dela havia começado, e o pior é que não é apenas matinal. Ela vomita praticamente o tempo todo, não só de manhã.

Estava tão enjoada, que não tive coragem de fazê-la se sentir pior contando-lhe o que Grandmère estava tramando.

"Não se esqueça de gravar", avisou mamãe, gritando do banheiro. Não sabia do que ela estava falando, mas o sr. G, sim.

Ela queria gravar minha entrevista. Minha entrevista com a Beverly Bellerieve!

Eu tinha me esquecido completamente daquilo, diante do que tinha acontecido lá na Grandmère. Mas minha mãe não.

Como minha mãe estava incapacitada, o sr. G e eu nos acomodamos para ver o programa juntos — bem, de vez em quando eu corria ao banheiro para oferecer antiácido e bolachinhas salgadas para minha mãe.

Já estava pensando em contar ao sr. G sobre Grandmère e o casamento no primeiro intervalo comercial — mas acabei esquecendo devido ao horror indescutível que se seguiu.

Beverly Bellerieve — sem dúvida, tentando impressionar meu pai — realmente mandou uma fita e uma transcrição da entrevista. Vou incluir aqui partes da transcrição, para que, se algum dia pedirem para me entrevistar de novo, eu possa lê-la e saber exatamente por que nunca mais posso aparecer outra vez na televisão.

**TWENTY FOUR/SEVEN** de segunda-feira, 27 de outubro

## A Princesa Americana
Beverly Bellerieve entrevista M. Renaldo

*Ext. Thompson Street, sul de Houston (SoHo). World Trade ao fundo.*
Beverly Bellerieve (BB):
Imaginem, se puderem, uma adolescente comum. Bem, tão comum quanto uma adolescente que mora no Greenwich Village de Nova York, com a mãe solteira, a aclamada pintora Helen Thermopolis, pode ser.

A vida de Mia era repleta das coisas normais que enchem a vida da maioria dos adolescentes: deveres de casa, amigos e um F ocasional em álgebra... até que um dia tudo mudou.

BB: Mia... Posso chamar você de Mia? Ou prefere que a chame de Vossa Alteza? Ou de Amelia?

Mia Renaldo (MR):

Hum, não, pode me chamar de Mia.

BB: Mia. Conte-nos sobre aquele dia. O dia em que a vida como você a conhecia mudou completamente.

MR: Bom, hum, o que aconteceu foi que meu pai e eu estávamos no Plaza, sabe, e eu estava tomando meu chá, e fiquei com soluço, e todos começaram a olhar para mim, e o meu pai estava, sabe, tentando me dizer que eu era a herdeira do trono de Genovia, o país onde ele mora, e aí eu falei, olha, eu preciso ir ao banheiro, e fui, e esperei lá até meus soluços pararem e depois voltei à minha cadeira, e ele me contou que eu era uma princesa. Aí eu entrei em parafuso, e corri para o zoológico, me sentei e fiquei olhando os pinguins durante um bom tempo, sem acreditar naquilo, porque no sétimo ano nos fazem escrever sobre todos os países da Europa, mas eu não tinha sacado que meu pai era príncipe de um deles. E eu só conseguia pensar que ia morrer se o pessoal da escola descobrisse aquilo, porque não queria virar uma aberração como a minha amiga Tina, que precisa andar pela escola com um guarda-costas. Mas foi exatamente isso que aconteceu. Eu sou uma aberração, uma tremenda duma aberração.

[Essa foi a parte em que ela tentou salvar a situação:]

BB: Ah, Mia, não dá pra acreditar que seja verdade. Tenho certeza de que você deve ser muito popular.

MR: Não sou, não. Não sou nem um pouquinho popular. Só os caras fortões são populares lá na escola. E as animadoras de torcida. Mas eu não sou popular. Quero dizer, não ando com gente que é popular. Eu nunca sou convidada para nenhuma festa, nem nada. Quero dizer, as festas legais, onde tem cerveja, amassos, essas coisas. Quero dizer, não sou uma esportista, nem animadora de torcida, e nem uma das mais inteligentes...

BB: Ah, mas como você não é uma das mais inteligentes? Sei que uma das suas aulas se chama Superdotados e Talentosos.

MR: Sim, mas veja bem, S & T é só uma sala de estudos. Não fazemos literalmente nada nessa aula. Só ficamos matando o tempo, porque a professora nunca fica lá, vive na sala dos professores, do outro lado do corredor, e por isso nem tem ideia do que a gente faz. Que é ficar matando o tempo.

[Obviamente, ainda pensando que podia salvar a entrevista:]

BB: Mas não acho que tenha muito tempo para matar, tem, Mia? Por exemplo, estamos aqui na suíte de cobertura que pertence à sua avó, a famosa princesa viúva da Genovia, que, segundo me disseram, está orientando você para que conheça melhor a etiqueta palaciana.

MR: Ah, sim. Ela me dá lições de como ser princesa, depois das aulas. Quer dizer, depois das minhas aulas de reforço de álgebra, que são depois do horário.

BB: Mia, não recebeu alguma notícia empolgante ultimamente?

MR: Ah. Sim. É, estou mesmo muito animada. Sempre quis ser irmã mais velha. Mas eles não querem chamar muita atenção, sabe. Vai ser só uma cerimônia discreta no prédio da prefeitura...

E tem mais. Aliás, muito mais. É torturante demais para que eu repita. Basicamente, eu fiquei ali tagarelando feito uma idiota, dizendo abobrinhas durante mais dez minutos, enquanto a Beverly Bellerieve tentava desesperadamente me fazer voltar para alguma coisa mais parecida com a resposta à pergunta que ela realmente havia me feito.

Só que de nada adiantaram as suas impressionantes habilidades jornalísticas. Eu já estava viajando. Uma combinação de nervosismo e, desconfio, xarope de codeína me fez perder completamente o senso do ridículo.

Mas a srta. Bellerieve continuou tentando. Isso eu preciso admitir. A entrevista terminou assim:

*Ext. Thompson Street, SoHo.*
BB: Ela não é esportista, não é animadora de torcida. O que Amelia Mignonette Grimaldi Thermopolis Renaldo é, senhoras e senhores, vai além dos estereótipos sociais que existem nas instituições educacionais modernas. É uma princesa. Uma princesa americana.

Mesmo assim, enfrenta os mesmos problemas e pressões que os adolescentes de todo o país enfrentam todos os dias... com uma pequena diferença: um dia, quando for adulta, vai governar um país.

E, na primavera, vai ser irmã mais velha. Sim, o *TwentyFour/Seven* descobriu que Helen Thermopolis e o professor de álgebra da Mia, Frank Gianini — ambos solteiros —, estão esperando seu primeiro filho para maio. Após os comerciais, uma entrevista exclusiva com o pai de Mia, o príncipe de Genovia... a seguir, no *TwentyFour/Seven*.

Resumo da história: parece que preciso me mudar para Genovia.

Minha mãe, que finalmente saiu do banheiro, já no fim da entrevista, e o sr. G tentaram me convencer de que não tinha sido tão ruim assim. Mas foi. Ah, podem crer que foi.

E eu soube que estava ferrada no minuto em que o telefone começou a tocar, logo depois desse bloco ter ido ao ar.

"Ai, meu Deus", disse minha mãe, lembrando-se de repente de alguma coisa. "Não atenda! É a minha mãe! Frank, eu me esqueci de contar à mamãe sobre a gente!"

Na verdade, eu estava meio que torcendo que fosse a vovó Thermopolis. Vovó Thermopolis era infinitamente preferível, na minha opinião, a quem era na verdade: Lilly.

E, cara, ela estava fora de si.

"Que história é essa de nos tachar de um bando de aberrações?", berrou ela ao telefone.

Eu respondi: "Lilly, do que está falando? Eu não disse que você era uma aberração."

"Praticamente informou ao país inteiro que a população da Escola Albert Einstein se divide em várias panelinhas de acordo com suas características socioeconômicas, e que você e seus amigos são muito bregas para participar de qualquer delas!"

"Bom", disse eu, "somos mesmo."

"Fale por si! E o que disse sobre S & T, então!"

"Como assim, e o que eu disse sobre S e T então?"

"Acabou de dizer ao país inteiro que ficamos ali sentados matando o tempo porque a sra. Hill vive na sala dos professores! Você é burra, é? Provavelmente vão ferrar a infeliz!"

De repente senti um aperto na barriga, como se alguém estivesse espremendo meus intestinos com muita, muita força.

"Ah, não", murmurei. "Acha mesmo isso?"

Lilly soltou um grito de frustração, depois rosnou: "Meus pais mandaram desejar boa sorte à sua mãe."

E depois bateu o telefone na minha cara.

Eu me senti pior do que nunca. Coitada da sra. Hill!

Depois o telefone tocou de novo. Era a Shameeka.

"Mia", disse ela. "Lembra-se de que te convidei para minha festa do Dia das Bruxas esta sexta-feira?"

"Sim", respondi.

"Bom, agora meu pai não quer mais que eu dê a festa."

"*O quê?* Mas por quê?"

"Porque graças a você ele está com a impressão de que a Escola Albert Einstein está cheia de tarados e alcoólatras."

"Mas eu não disse isso!" Não com essas palavras, pelo menos.

"Bom, foi isso que ele entendeu. Agora está na sala ao lado navegando na Internet, em busca de uma escola para meninas em New Hampshire para a qual possa me transferir no semestre que vem. E está dizendo que não vai me deixar sair com um rapaz outra vez até eu ter trinta anos."

"Ai, Shameeka", disse eu. "Foi mal, me perdoa."

Shameeka não respondeu nada. Aliás, precisou desligar, porque estava soluçando demais para poder falar.

O telefone tornou a tocar. Eu não queria atender, mas não tive escolha. O sr. Gianini estava segurando os cabelos da mamãe para trás, enquanto ela vomitava de novo.

"Alô?"

Era a Tina Hakim Baba.

"Caramba!", gritou ela.

"Me desculpe, Tina", disse eu, achando melhor começar a pedir desculpas a todos que ligavam, assim logo de cara.

"Como é? Está se desculpando por quê?" Tina estava praticamente sem fôlego. "Você disse meu nome na televisão!"

"Hum... Eu sei." Eu também tinha chamado a Tina de aberração.

"Não posso acreditar!", berrou Tina. "Foi tão legal!"

"Você não está... Não está zangada comigo?"

"E por que estaria? É a coisa mais fantástica que jamais me aconteceu. Nunca disseram meu nome na televisão antes!"

Eu senti muito carinho e gratidão pela Tina Hakim Baba.

"Hum", respondi, perguntando cautelosamente: "E seus pais, assistiram à entrevista?"

"Assistiram! Também ficaram muito animados. Minha mãe pediu para te dizer que a sombra azul foi uma ideia genial. Não muita, só o suficiente para a luz realçar. Ela ficou muito impressionada. E também pediu para dizer à sua mãe que ela tem um creme excelente para estrias que trouxe da Suécia. Sabe, para quando a barriga dela começar a aparecer. Vou levar o creme para a escola amanhã, para você dar à sua mãe."

"E o seu pai?", perguntei cautelosamente. "Não está planejando te mandar para uma escola de meninas ou coisa assim?"

"Do que está falando? Ele adorou quando você mencionou meu guarda-costas. Agora acha que quem pensar em me raptar vai definitivamente parar para pensar duas vezes. Epa, mais um telefonema. Provavelmente é minha avó de Dubai. Eles têm uma parabólica. Tenho certeza de que ela ouviu você tocar no assunto. Tchau!"

Tina desligou. Legal. Até o pessoal de Dubai viu minha entrevista. Nem mesmo sei onde fica isso.

O telefone tornou a tocar. Era Grandmère.

"Ora, ora", disse ela. "Foi um desastre total, não foi?"

Eu respondi: "Tem algum jeito de eu pedir uma retratação? Porque não quis dizer que minha professora de Superdotados Talentosos não faz nada e que minha escola está cheia de tarados. Não é isso, a senhora sabe."

"Não consigo imaginar o que aquela mulher estava pensando", disse Grandmère. Fiquei feliz por ela estar do meu lado pelo menos uma vez. Depois ela prosseguiu, e vi que o que ela estava dizendo não tinha nada a ver comigo. "Ela não mostrou uma única foto do palácio! E no outono é que ele fica mais bonito. As palmeiras ficam magníficas. Vou te contar, esse programa dela é uma paródia. Uma paródia. Não entende as oportunidades promocionais que foram desperdiçadas ali? Absolutamente desperdiçadas?"

"Grandmère, precisa fazer alguma coisa", reclamei. "Não sei se vou ser capaz de mostrar a cara lá na escola amanhã."

"O turismo anda em baixa lá em Genovia", recordou-me Grandmère, "desde que proibimos os navios de cruzeiro de fundearem na baía. Mas excursionistas não nos interessam. Aquelas câmeras descartáveis, bermudas horrorosas. Se aquela mulher ao menos tivesse mostrado umas cenas dos cassinos... E as praias! Ora, nós temos as únicas areias naturalmente brancas da Riviera. Sabia disso, Amelia? O pessoal de Mônaco precisa importar a areia das praias de lá."

"Talvez eu pudesse pedir transferência para outra escola. Acha que tem alguma escola em Manhattan que aceitaria alguém com um F em álgebra?"

"Espere...", a voz de Grandmère ficou abafada. "Ah, não, olha só. O programa recomeçou e estão mostrando umas fotos simplesmente lindas do palácio. Ah, e da praia também. Simplesmente lindas. Aquela mulher pode ter algumas qualidades que a salvem, afinal. Acho que vou ter que deixar seu pai namorar com ela."

E desligou. Minha própria avó bateu o telefone na minha cara. Que tipo de rejeitada eu sou, afinal?

Fui para o banheiro da minha mãe. Ela estava sentada no chão, com uma cara de infeliz. O sr. Giannini estava sentado na beirada da banheira. Parecia confuso.

Ora, quem poderia culpá-lo? Dois meses antes, ele era apenas um professor de álgebra. Agora é pai do futuro irmão da princesa de Genovia.

"Preciso encontrar outra escola para mim", informei-lhes. "Acha que poderia me ajudar nisso, sr. G? Quero dizer, tem algum contato na associação dos professores, uma coisa assim?"

Mamãe interveio:

"Ah, Mia, não foi tão ruim assim."

"Foi sim", disse eu. "Você nem viu a maior parte da entrevista. Estava aqui vomitando."

"Sim", disse mamãe. "Mas ouvi. E o que disse não é verdade? As pessoas que se dão bem nos esportes são tratadas como deuses na nossa sociedade, enquanto pessoas brilhantes do ponto de vista intelectual costumam ser ignoradas ou, coisa pior, tratadas como anormais ou marginais. Francamente, acho que os cientistas que trabalham na cura do câncer deviam receber os salários que os atletas profissionais recebem. Os atletas profissionais não salvam vidas, meu Deus. Eles divertem as pessoas. E os atores. Não venha me dizer que representar é uma arte. Ensinar é que é uma arte. Frank devia estar ganhando o que o Tom Cruise ganha, pela competência que demonstrou ensinando você a multiplicar frações."

Percebi que minha mãe provavelmente estava delirando por causa da náusea. Disse: "Bom, acho que agora é melhor ir para a cama."

Em vez de responder, mamãe se inclinou sobre a privada e vomitou outra vez. Vi que, apesar dos meus avisos sobre a periculosidade potencial dos crustáceos para um feto em desenvolvimento, ela tinha pedido camarões com molho de alho do Number One Noodle Son.

Fui para o meu quarto e entrei na Internet. Talvez, pensei, pudesse me transferir para a mesma escola para a qual o pai de Shameeka ia mandá-la. Pelo menos eu já teria uma amiga — se a Shameeka voltasse a falar comigo depois do que eu tinha feito, do que eu duvidava. Ninguém na Albert Einstein, com exceção da Tina Hakim Baba, que obviamente era uma alienada, voltaria a falar comigo.

Então uma mensagem instantânea surgiu na tela do meu computador. Alguém queria falar comigo.

Mas quem? Jo-C-rox??? Seria Jo-C-rox???

Não! Ainda melhor! Era o Michael. Michael, pelo menos, ainda queria falar comigo.

Imprimi o histórico da nossa conversa e o colei aqui:

CRACKING: Ei, acabei de ver sua entrevista na tevê. Você arrebentou.

FTLOUIE: Do que está falando? Eu paguei o maior mico. E a sra. Hill? Provavelmente vão botá-la no olho da rua agora.

CRACKING: Ora, pelo menos você disse a verdade.

FTLOUIE: Só que todas as pessoas que eu citei estão bravas comigo agora! Lilly está uma fera!

CRACKING: Ela só está com ciúmes porque tinha mais gente assistindo à sua entrevista de um bloco de quinze minutos do que todas as pessoas que assistiram aos programas dela reunidos.

FTLOUIE: Não, não foi por isso. Ela acha que traí nossa geração, ou coisa assim, revelando as panelinhas que existem na Albert Einstein.

CRACKING: Ora, isso e o fato de que alegou não pertencer a nenhuma delas.

FTLOUIE: Bom, não pertenço mesmo.

CRACKING: Pertence, sim. Lilly adora imaginar que você pertence à panelinha exclusiva e altamente seletiva da Lilly Moscovitz. Só que você deixou de mencionar isso, e ela ficou danada.

FTLOUIE: Jura? Ela disse mesmo isso?

CRACKING: Dizer, não disse, mas sou irmão dela. Sei como ela pensa.

FTLOUIE: Talvez. Sei lá, Michael.

CRACKING: Olha, você está legal? Estava horrível lá na escola hoje... embora agora eu entenda o motivo. Esse negócio da sua mãe e o sr. Gianini é o maior barato. Você deve estar na maior expectativa.

FTLOUIE: Acho que estou, sim. Mas sabe, é meio constrangedor. Pelo menos dessa vez minha mãe vai se casar, como uma pessoa normal.
CRACKING: Agora não vai precisar mais da minha ajuda para fazer seus deveres de álgebra. Vai ter professor particular em casa.

Eu não tinha parado para pensar naquilo. Que desgraça! Não quero professor particular. Quero que o Michael continue me ajudando durante a aula de S & T! O sr. Gianini é gente fina, e tudo, mas certamente não é a mesma coisa que ter o Michael ao meu lado.
Escrevi rapidinho:

FTLOUIE: Bom, sei lá. Sabe, ele vai ficar bem ocupado durante um tempo, se mudando, e depois o bebê vai chegar, e tal.
CRACKING: Meu Deus. Um bebê. Não consigo acreditar. Não admira que você estivesse tão esquisita hoje.
FTLOUIE: É, estava sim. Esquisita, quero dizer.
CRACKING: E aquele negócio da Lana hoje à tarde? Não deve ter ajudado muito. Mas foi bem engraçado, ela achar que estávamos namorando, não?

Na verdade não vi graça nenhuma naquilo. Mas o que eu ia dizer? Puxa, Michael, por que não experimentamos?
Até parece.
Em vez disso, eu disse:

FTLOUIE: É, ela é mesmo uma maluca. Acho que nunca ocorreu a ela que duas pessoas de sexos opostos possam ser só amigos, sem envolvimento romântico.

Embora tenha de admitir que o que sinto pelo Michael — especialmente quando estou na casa da Lilly e ele sai do quarto dele sem camisa — é bem romântico.

CRACKING: É. Escuta, o que vai fazer na sexta à noite?

Ele estava me convidando para sair? Será possível que o Michael Moscovitz finalmente estava me convidando para SAIR?
Não. Era impossível. Não depois daquele tremendo mico em cadeia nacional de televisão.
Por precaução, resolvi tentar uma resposta que não fosse comprometedora, no caso de ele só estar perguntando aquilo porque ia me pedir para levar o Pavlov para passear porque os Moscovitz iam viajar, ou coisa assim.

FTLOUIE: Não sei ainda. Por quê?
CRACKING: Porque vai ser Dia das Bruxas, lembra? Pensei em chamar uma galera para irmos ver *The Rocky Horror Picture Show* lá no Village...

Ah, bom. Não era um encontro a dois.
Mas íamos nos sentar lado a lado em uma sala no escurinho do cinema! Isso já era alguma coisa. E o *Rocky Horror* é meio assustador mesmo, então, se eu me pendurasse nele, fingindo que estava com medo, talvez ele não estranhasse.

FTLOUIE: Claro, isso vai ser...

Então me lembrei. Sexta-feira era Dia das Bruxas, certo. Mas também era a noite do casamento real da minha mãe! Isto é, se a Grandmère conseguisse levar isso adiante.

FtLouie: Posso confirmar isso depois? Pode ser que eu tenha um compromisso familiar nessa noite.
CraCking: Claro. É só me dizer. Então, até amanhã.
FtLouie: É. Mal posso esperar.
CraCking: Não esquenta. Você disse a verdade. Não pode se meter em encrenca por dizer a verdade.

Pois sim! Isso é o que ele pensa. Não é à toa que eu minto o tempo todo, vocês sabem.

## CINCO MELHORES COISAS DE ESTAR APAIXONADA PELO IRMÃO DE SUA MELHOR AMIGA

1. Vê-lo no seu hábitat natural, não apenas na escola, permitindo-lhe ter acesso a informações vitais, como a diferença entre sua personalidade escolar e sua personalidade real.
2. Vê-lo sem camisa.
3. Vê-lo o tempo todo.
4. Ver como ele trata sua mãe, irmã e empregada (fortes indícios de como ele tratará uma possível namorada).
5. É conveniente: você pode curtir sua amiga e espionar o objeto de desejo ao mesmo tempo.

## CINCO PIORES COISAS DE ESTAR APAIXONADA PELO IRMÃO DE SUA MELHOR AMIGA

1. Não posso contar a ela.
2. Não posso contar a ele, porque ele pode contar a ela.
3. Não posso contar a ninguém, porque podem contar a ele ou, pior ainda, a ela.
4. Ele nunca vai admitir seus verdadeiros sentimentos porque você é a melhor amiga da irmã dele.
5. Você é obrigada a conviver com ele, sabendo que ele jamais pensará em você como nada além da melhor amiga da irmã mais nova dele, até a morte, e mesmo assim você vai continuar adorando ele até que cada fibra do seu ser suplique para estar com ele, e você ache que provavelmente vai morrer, mesmo que sua professora de biologia diga que é fisiologicamente impossível morrer de coração partido.

# Terça-feira, 28 de Outubro, Diretoria

Ai, meu pai! Assim que eu entrei na Sala de Frequência hoje, me chamaram à diretoria!

Esperava que fosse para a diretora ver se eu não estava trazendo nenhum vidro de xarope de codeína escondido para a escola, mas é mais provável que seja por causa do que eu disse ontem à noite na tevê. Especialmente, imagino, sobre a parte das divisões e panelinhas daqui.

Enquanto isso, todos da escola que nunca foram convidados para uma festa dada por um rapaz ou garota popular se reuniram ao meu redor. É como se eu tivesse falado em nome dos marginalizados de todas as espécies, ou coisa assim. No minuto em que eu entrei na escola hoje, os pichadores, os intelectuais, a galera do teatro, todos disseram: "É isso aí! Mandou bem, maninha!"

Ninguém tinha me chamado de maninha antes. Aquilo de certa forma foi bem animador.

Apenas as animadoras de torcida me trataram da forma como sempre me trataram. Enquanto percorro o corredor, elas me olham de relance, da cabeça aos pés, e depois ficam cochichando e rindo.

Ora, acho que é engraçado ver uma moça de um metro e oitenta, sem peito, com jeito de lésbica como eu, assim rondando à solta pelos corredores. Estou surpresa que ninguém tenha jogado uma rede em cima de mim e me arrastado para o Museu de História Natural.

Dos meus amigos, apenas a Lilly — e a Shameeka, é claro — não gostaram da minha entrevista de ontem. A Lilly ainda está chateada por eu ter exposto a divisão socioeconômica na nossa escola. Mas essa chateação não a impediu de aceitar a carona para a escola na minha limusine essa manhã.

O interessante é que o jeito frio com que a Lilly me tratou ontem só serviu para aproximar o irmão dela de mim. Esta manhã, na limusine, no caminho da escola, Michael ofereceu para ver meu dever de casa de álgebra e conferir os resultados das minhas equações.

Fiquei comovida com a oferta dele, e a sensação boa que tive quando ele declarou que todos os meus problemas haviam sido resolvidos de forma correta nada tiveram a ver com orgulho, mas sim com a forma como seus dedos roçaram nos meus quando ele me devolveu a folha. Seria possível que ele fosse o Jo-C-rox? Seria possível?

Oh-oh. A diretora Gupta está me chamando.

# Terça-feira, 28 de Outubro, Álgebra

A diretora Gupta está muito preocupada com minha sanidade mental.

"Mia, você está mesmo se sentindo tão insatisfeita assim aqui na Albert Einstein?"

Eu não queria ferir os sentimentos dela, nem nada, então disse que não. Mas a verdade é que provavelmente não estava nem aí para a escola na qual eu estudasse. Eu seria uma anormal de um metro e oitenta, sem peito, onde quer que eu estudasse.

Aí a diretora Gupta disse uma coisa surpreendente: "Eu só pergunto porque na noite passada, na sua entrevista, você disse que não era popular."

Eu não sabia aonde ela estava querendo chegar com aquilo. Então só respondi: "Bom, e não sou." E dei de ombros.

"Não é verdade", disse a diretora. "Todos na escola sabem quem você é."

Eu ainda estava querendo poupá-la, como se fosse culpa dela eu ser uma mutante, então expliquei, com toda a delicadeza: "Sim, mas isso é só porque sou princesa. Antes disso, eu era praticamente invisível."

A diretora Gupta respondeu:

"Isso simplesmente não é verdade."

Mas eu só conseguia pensar o seguinte: *"Como pode saber? Você não vai lá ver. Não sabe como é."*

E aí me senti ainda pior por ela, porque ela está obviamente vivendo no seu mundo fantasioso de diretora.

"Talvez", disse a diretora Gupta, "se participar de mais atividades extracurriculares, se sinta mais acolhida."

Isso me deixou boquiaberta.

"Diretora Gupta", disse eu, sem conseguir me conter, "eu vou passar raspando em álgebra. Passo todo o meu tempo livre em aulas de reforço para poder passar raspando com um D."

"Ora", disse a diretora Gupta. "Eu sei muito bem disso..."

"Além disso, depois das minhas aulas de reforço, tenho aulas de como ser princesa com minha avó, de forma que, quando for para Genovia em dezembro para minha apresentação ao povo que um dia vou governar, eu não farei papel de idiota, como fiz ontem à noite na tevê."

Acho a palavra *idiota* meio forte.

"Eu realmente não tenho tempo", prossegui, sentindo mais pena do que nunca dela, "para atividades extracurriculares."

"O comitê do livro do ano se reúne apenas uma vez por semana", disse a diretora Gupta. "Ou talvez você possa participar da equipe de corredoras. Eles só vão começar a treinar na primavera, e a essa altura, espero, você já não estará mais tendo lições de como ser princesa."

Eu só pisquei para ela, de tão surpresa que fiquei. Eu? Correr numa pista de atletismo? Eu mal consigo andar sem tropeçar nos meus pés gigantescos. Deus sabe o que aconteceria se tentasse correr.

E o comitê do livro do ano? Eu realmente tinha cara de alguém que quer se lembrar de uma coisa sequer do que passei na minha escola?

"Bom", disse a diretora Gupta, imagino que deduzindo pela minha cara que eu não estava nem um pouco tentada por nenhuma das duas sugestões. "Foi só uma ideia. Acho que podia ser bem mais feliz aqui na Albert Einstein se frequentasse algum clube. É claro que sei da sua amizade com a Lilly Moscovitz, e às vezes me pergunto se ela talvez não possa ser... bom, uma influência negativa para você. Aquele programa de televisão dela é bem deprimente."

Fiquei chocada com isso. A coitada da diretora Gupta é bem mais iludida do que eu pensava!

"Ah, não", disse. "O programa da Lilly na verdade é bem positivo. Não viu aquele episódio dedicado ao combate contra o racismo nas *delicatessens* coreanas? Ou aquele sobre um monte de butiques que abastecem adolescentes e que têm preconceito contra garotas gordas, porque não têm roupas suficientes no tamanho 48, o tamanho médio da mulher americana? Ou aquele em que tentamos entregar meio quilo de biscoitos Vaniero no apartamento de Freedie Prinze Jr. porque ele estava parecendo magro demais?"

A diretora Gupta ergueu a mão.

"Vejo que está defendendo o programa com convicção", disse. "E devo dizer que estou gostando de ver. É bom saber que tem um sentimento forte por outra coisa, Mia, além da antipatia pelos esportistas e animadoras de torcida."

Então me senti pior do que nunca. Disse: "Não sinto antipatia por eles. Eu só digo que algumas vezes... bom, às vezes, parece que eles é que mandam na escola, diretora Gupta."

"Bem, posso lhe garantir", disse a diretora Gupta, "que isso não é verdade."

Coitadinha, coitadinha da diretora Gupta.

Mesmo assim, achei que precisava estourar aquela bolha de sabão na qual ela claramente vive, só um pouquinho.

"Hum..." disse eu. "Diretora Gupta, sobre a sra. Hill..."

"Que tem ela?", indagou a diretora Gupta.

"Eu me expressei mal quando disse que ela vive na sala dos professores durante a aula de Superdotados & Talentosos. Foi um exagero."

A diretora Gupta sorriu para mim de um jeito muito frágil.

"Não se preocupe, Mia", disse. "Já cuidei da sra. Hill."

Cuidei? O que ela quis dizer com isso?

Estou até com medo de perguntar.

## Terça-Feira, 28 de Outubro, S & T

Bem, a sra. Hill não foi demitida.

Em vez disso, acho que lhe deram uma chamada, ou coisa assim. O resultado é que agora a sra. Hill fica o tempo todo pregada na cadeira aqui no laboratório de S & T.

Isso significa que somos obrigados a ficar sentados nas carteiras e fazer as tarefas. E não podemos trancar o Boris no almoxarifado. Vamos ter que ficar sentados escutando-o tocar.

Tocar Bartók.

E não podemos conversar entre nós, porque temos que trabalhar, cada um em sua tarefa.

Cara, está todo mundo querendo me matar.

Mas a Lilly é que está mais pau da vida comigo.

Acontece que a Lilly anda escrevendo às escondidas um livro sobre as divisões socioeconômicas que existem dentro da Escola Albert Einstein. Juro! Ela não queria me contar, mas finalmente o Boris desembuchou hoje no almoço. Lilly jogou uma batata frita nele e sujou seu suéter todo de *ketchup*.

Não posso acreditar que a Lilly contou ao Boris coisas que não tenha me contado. Eu sou a melhor amiga dela, pelo menos pensava que era. Boris é só o namorado. Por que ela está contando coisas legais pra ele, como o livro que está escrevendo, e não conta pra mim?

"Posso ler o livro?", supliquei.

"Não." Lilly está mesmo soltando fumaça pelos ouvidos. Nem mesmo olha para o Boris. Ele já a desculpou pelo *ketchup*, mesmo que provavelmente tenha que mandar lavar o suéter a seco.

"Posso ler só uma página?", pedi.

"Não".

"Só uma frase?"

"Não."

Michael não sabia do livro também. Disse-me logo antes de a sra. Hill entrar na sala que ele tinha se oferecido para publicá-lo no seu e-zine, o *Crackhead*, mas Lilly disse, de um jeito meio irritado, que ia guardá-lo para que fosse publicado por um editor "de verdade".

"Eu estou nesse livro?", quis saber. "No seu livro? Estou nele?"

Lilly disse que, se as pessoas não parassem de encher o saco dela com aquele assunto, ela ia se atirar do alto da caixa d'água da escola. Está exagerando, é claro. Não temos mais acesso à caixa d'água, porque os alunos veteranos, para pregar peças nos calouros, anos antes, jogaram um monte de girinos lá dentro.

Não acredito que a Lilly andou trabalhando num livro e nunca me contou. Quero dizer, eu sempre soube que ela ia escrever um livro sobre a vida dos adolescentes nos Estados Unidos pós-guerra fria. Mas não achei que ela ia começar antes de se formar. Se quiserem saber, esse livro não deve ser lá muito equilibrado. Porque ouvi dizer que as coisas melhoram muito no segundo ano.

Mesmo assim, acho que faz sentido contar a alguém cuja língua esteve na sua boca coisas que não necessariamente contaria à sua melhor amiga. Só que fico louca da vida quando penso que o Boris sabe coisas sobre a Lilly que eu não sei. Eu conto tudo a Lilly.

Bom, tudo, exceto o que sinto pelo irmão dela.

Ah, e sobre meu admirador secreto.

E sobre minha mãe e o sr. Gianini.

Mas lhe conto praticamente todas as outras coisas.

**NÃO SE ESQUEÇA:**

1. De parar de pensar no M.M.
2. Diário de inglês! Momento profundo!
3. Ração para o gato
4. Cotonetes
5. Pasta de dente
6. PAPEL HIGIÊNICO!

# Terça-Feira, 28 de Outubro, Biologia

Estou fazendo amigos e influenciando pessoas em todos os lugares aos quais vou hoje. Kenny acabou de me perguntar o que vou fazer no Dia das Bruxas. Eu disse que talvez tenha uma reunião familiar à qual precise comparecer, e ele disse que, se eu conseguir me livrar dela, ele e um grupo de amigos do Clube do Computador vão ver *Rocky Horror*, e que eu devia ir com eles.

Eu lhe perguntei se um desses amigos não seria o Michael Moscovitz, porque o Michael é tesoureiro do Clube do Computador, e ele disse que sim.

Pensei em perguntar ao Kenny se ele ouviu o Michael dizer alguma vez que gosta de mim ou não, sabe, de uma maneira especial, mas resolvi não fazer isso.

Porque aí o Kenny pode pensar que eu gosto dele. Do Michael, quero dizer. E aí olha o mico que eu pagaria!

Ode ao M

*Ó M,*
*Porque você não vê*
*Que x $=$ você*
*E y $=$ mim?*
*E que*
*Você e eu*
*$=$ êxtase,*
*e junto C-ríamos*
*100% felizes?*

## Terça-Feira, 28 de Outubro, Seis da Tarde, no Caminho de Volta da Grandmère para o Loft

Por causa de toda essa repercussão da minha entrevista no *TwentyFour/Seven*, esqueci completamente de Grandmère e de Vigo, o organizador de eventos de Genovia!

Estou falando sério. Juro que não lembrei de nada sobre Vigo e as pontinhas de aspargo, não até entrar na suíte de Grandmère esta noite para minha lição de como ser princesa, e encontrar um monte de gente correndo para um lado e para o outro, fazendo coisas como berrar ao telefone: "Não, são quatro mil rosas cor-de-rosa com haste longa, não quatrocentas!" e escrevendo cartões com os nomes das pessoas, para identificar seus lugares, com caligrafia redondinha.

Encontrei Grandmère sentada no meio daquela loucura toda, provando trufas com Rommel — todo produzidinho com uma capinha de chinchila tingida de lilás — no colo dela.

Não estou brincando. Trufas.

"Não", disse Grandmère, colocando um bombom de chocolate mordido, com recheio escorrendo, na caixa que Vigo estendia para ela. "Acho que esse não. Cereja é muito vulgar."

"Grandmère." Não dava pra acreditar naquilo. Eu estava praticamente sem fôlego, do jeito que Grandmère ficou quando soube que mamãe estava grávida. "O que está fazendo? Quem são essas pessoas todas?"

"Ah, Mia", disse Grandmère, parecendo satisfeita em me ver. Mesmo que, pelos restos na caixa que Vigo segurava, ela tivesse comido muita coisa com recheio de *nougat*, os dentes dela estavam limpinhos. Esse é um dos muitos truques da realeza que Grandmère ainda está para me ensinar. "Minha linda. Sente-se e me ajude a decidir qual dessas trufas devemos pôr na caixa de lembranças que os convidados vão receber ao final da festa."

"Convidados do casamento?", afundei na poltrona que o Vigo havia me oferecido, e deixei a mochila cair. "Grandmère, eu já lhe disse. Mamãe não vai concordar com isso de jeito nenhum. Ela não ia querer uma coisa assim."

Grandmère só fez sacudir a cabeça e responder: "As grávidas nunca são muito racionais."

Eu salientei que, a julgar pelas minhas pesquisas sobre o assunto, embora fosse verdade que os desequilíbrios hormonais costumam causar desconforto às gestantes, não via motivo para supor que tais desequilíbrios invalidassem os sentimentos de minha mãe a respeito do assunto — principalmente porque eu sabia que seriam exatamente os mesmos se ela não estivesse grávida. Mamãe não é uma mulher do tipo que sonha com um casamento real. Quero dizer, ela se reúne com as amigas para jogar pôquer e beber marguerita uma vez por mês.

"Ela", disse Vigo, "é a mãe da futura monarca regente de Genovia, alteza. Como tal, é vital que ela tenha direito a todos os privilégios e cortesias que o palácio pode oferecer."

"Então, que tal lhe conceder o privilégio de planejar o casamento dela sozinha?", disse eu.

Grandmère deu uma boa gargalhada ao ouvir isso. Ela praticamente engasgou com o gole de *sidecar* que tomava a cada mordida na trufa para limpar o palato.

"Amelia", disse ela, quando acabou de tossir — algo que Rommel havia considerado extremamente alarmante, pelo jeito como ele revirou os olhos. "Sua mãe vai ficar eternamente grata a nós por todo o trabalho que estamos tendo em seu lugar. Você vai ver."

Eu entendi que não adiantava discutir com eles. Sabia o que precisaria fazer.

E o faria logo depois da minha lição, que foi sobre como escrever uma nota de agradecimento de princesa. Não acreditariam em todos os presentes de casamento e presentinhos para bebê que as pessoas começaram a enviar à minha mãe, aos cuidados da família real de Genovia, no Plaza Hotel. Estou falando sério. Coisa de louco. O lugar está entupido de panelas elétricas, fôrmas de fazer waffle, toalhas de mesa, sapatinhos de bebê, touquinhas de bebê, roupinhas de bebê, fraldas para bebê, brinquedos para bebê, balanços para bebê, mesas para trocar fraldas, tudo que se possa imaginar para bebê. Eu não fazia ideia de que eram necessárias tantas coisas para se criar um bebê. Mas faço uma ideia muito boa de que minha mãe não vai querer nada disso. Ela não gosta de nada pastel.

Eu marchei até a porta da suíte do meu pai no hotel e bati energicamente.

Ele não estava! E quando perguntei à recepcionista do saguão se ela sabia aonde ele tinha ido, ela disse que não tinha certeza.

De uma coisa ela tinha certeza, porém: Beverly Bellerieve estava com meu pai quando eles saíram.

Ora, estou feliz porque meu pai encontrou uma nova amiga, eu acho, mas peraí. Será que ele não percebe o desastre iminente que está se desenrolando sob o seu nariz real?

# Terça-Feira, 28 de Outubro, Dez da Noite, no Loft

Bom, aconteceu. O desastre iminente agora é oficialmente um desastre real.

Porque Grandmère perdeu completamente o controle. Eu nem mesmo pude perceber até que ponto, porém, até chegar em casa hoje da minha lição e ver uma família sentada à nossa mesa de jantar.

É isso aí. Uma *família* inteira. Bom, pelo menos, eram uma mãe, um pai e um rapaz.

Não estou brincando. A princípio pensei que fossem turistas que talvez tivessem se perdido — nosso bairro é muito procurado pelos turistas. Talvez pensassem que estavam indo para o Washington Square Park, mas acabaram seguindo um cara de entregas de restaurante chinês e foram parar no nosso *loft* em vez disso.

Aí a mulher que estava de calças de corrida cor-de-rosa — clara indicação de que era de fora da cidade — olhou para mim e disse: "Ai, meu Jesus! Não me diga que seu cabelo é mesmo assim na vida real? Eu tinha certeza de que era só penteado para a televisão."

Meu queixo caiu. Depois disse: "*Vovó Thermopolis?*"

"Vovó Thermopolis?", a mulher olhou bem para mim. "Acho que esse negócio de realeza realmente lhe subiu mesmo à cabeça. Não se lembra de mim, meu amorzinho? Eu sou a *Mãezinha*!"

Mãezinha! Minha avó materna!

E ali, bem ao lado dela — mais ou menos da metade do tamanho dela e de boné de beisebol —, estava o pai da minha mãe, o Paizinho! O garoto grandalhão de camisa de flanela e macacão eu não reconheci, mas isso não vinha ao caso. O que os pais de minha mãe, que viviam afastados de nós e nunca tinham saído de Versailles, Indiana em suas vidas, estavam fazendo em nosso *loft* do Village no centro da cidade?

Uma rápida consulta a minha mãe explicou tudo. Eu a encontrei seguindo o fio do telefone, primeiro até o quarto dela, depois até o armário embutido, onde ela estava encolhida atrás da prateleira dos sapatos (vazia — todos os sapatos dela estavam no chão), conspirando aos sussurros com meu pai.

"Não me importa como vai fazer isso, Phillipe", reclamava ao telefone. "Diga a sua mãe que ela dessa vez foi longe demais. *Meus pais*, Phillipe? *Sabe como me sinto em relação a eles.* Se não os levar embora daqui, Mia vai acabar me visitando através de uma fenda na porta, porque vou parar lá no hospício de Bellevue.

Eu ouvi meu pai murmurando palavras tranquilizantes ao telefone. Minha mãe percebeu minha presença e murmurou: "Eles ainda estão lá?"

Respondi:

"Hum, sim. Quer dizer que não os chamou?"

"Claro que não!" Os olhos de minha mãe estavam do tamanho de azeitonas Calamata. "Sua avó convidou-os para algum casamento maluco que pensa que vai organizar para mim e o Frank na sexta!"

Engoli em seco, sentindo-me culpada. Epa.

Bem, tudo que posso dizer para me defender é que as coisas andaram muito agitadas ultimamente. Quero dizer, esse negócio de descobrir que a minha mãe está grávida, e depois ficar doente, e o lance todo do Jo-C-rox, e depois a entrevista...

Ah, tá legal. Não tem desculpa. Sou uma filha desnaturada.

Minha mãe me entregou o telefone.

"Ele quer falar com você", disse.

Peguei o aparelho e disse: "Papai? Onde você está?"

"No carro", respondeu ele. "Escuta aqui, Mia, eu mandei a recepcionista reservar quartos para seus avós num hotel perto do seu apartamento — o SoHo Grand. Ouviu? Mande-os para lá na limusine."

"Falou, papai", disse eu. "E Grandmère e esse casamento dela? Quero dizer, não dá pra controlar." Insinuação do ano.

"Deixa a Grandmère que eu cuido dela", disse papai, parecendo muito com o capitão Picard, sabem, de *Jornada nas estrelas: a nova geração*. Tive a sensação de que a Beverly Bellerieve estava ali no carro com ele, e ele estava tentando dar uma de príncipe na frente dela.

"Tudo bem", disse eu. "Mas..."

Não é que eu desconfie do meu pai, nem nada, para tomar as rédeas da situação. É só que... bom, estamos falando de Grandmère. Ela consegue assustar a gente, quando quer. Até mesmo o próprio filho dela.

Acho que ele deve ter adivinhado o que eu estava pensando, porque disse: "Não esquenta, Mia. Eu vou cuidar disso."

"Tudo bem", disse eu, sentindo-me mal por estar duvidando dele.

"Mia, tem mais uma coisa."

Eu já estava para desligar.

"Que é, pai?"

"Tranquilize sua mãe, diga-lhe que eu não sabia de nada disso. Eu juro."

"Tudo bem, pai."

Desliguei o telefone. "Não se preocupe", disse à mamãe. "Eu vou resolver a parada."

Depois, endireitando os ombros, voltei para a sala. Meus avós ainda estavam sentados à mesa. O amigo fazendeiro, porém, tinha se levantado. Estava na cozinha, espiando dentro da geladeira.

"É só isso que vocês têm para comer aqui?", indagou ele, apontando para a caixa de leite de soja e a tigela de vagem na primeira prateleira.

"Hum", disse eu. "Bom, sim. Estamos evitando colocar produtos nocivos na geladeira que possam causar dano a fetos em desenvolvimento."

Quando ele fez cara de confuso, eu disse: "Costumamos pedir comida para viagem."

Ele imediatamente se animou, e fechou a geladeira. "Ah, no Dominos?", disse ele. "Legal."

"Hã", disse eu. "Bom, pode pedir comida do Dominos, se quiser, no seu quarto de hotel..."

"*Quarto de hotel?*"

Eu virei para trás. Mãezinha havia se esgueirado até a cozinha atrás de mim.

"Hã, sim", disse eu. "Sabem, meu pai achou que vocês podiam se sentir mais à vontade em um hotel legal do que aqui no *loft*..."

"Ora, isso é demais, não é?", disse Mãezinha. "Seu Paizinho, o Hank e eu viajamos lá de onde Judas perdeu as botas para ver vocês, e vocês nos mandam para um quarto de hotel?"

Olhei para o cara de macacão com um interesse renovado. Hank? Meu *primo* Hank? Ora, a última vez que eu tinha visto o Hank tinha sido durante minha segunda — e última — viagem a Versailles, quando eu tinha uns dez anos, mais ou menos. Hank tinha sido deixado na casa dos Thermopolis um ano antes por sua mãe, que vivia viajando, a tia Marie, que minha mãe não suporta, antes de mais nada porque, como diz minha mãe, ela existe em um vácuo intelectual e espiritual (o que quer dizer que Marie é republicana).

Naquele tempo, Hank era uma coisinha esquelética e reclamou que tinha alergia a leite. Não estava mais tão magro quanto era antes, mas ainda parecia um pouco intolerante à lactose, se querem saber.

"Ninguém nos avisou que seríamos arrastados para um hotel caro de Nova York quando aquela mulher francesa ligou", disse Mãezinha, que havia me seguido até a cozinha, e agora estava de pé com as mãos na cintura. "Ela disse que ia pagar tudo", disse Mãezinha, "deixou isso muito claro!"

Vi logo por que Mãezinha estava preocupada.

"Ah, hã, Mãezinha", disse eu. "Meu pai vai pagar a conta, é claro."

"Bom, aí tudo muda de figura", disse Mãezinha, sorrindo. "Então vamos!"

Achei que era melhor acompanhá-los, para ver se iam chegar direitinho. Assim que entramos na limusine, Hank se esqueceu de como estava faminto, encantado com os botões do painel. Divertiu-se pondo a cabeça para fora pelo teto solar. A certa altura, meteu o corpo pelo teto solar, abriu os braços e berrou: "Sou o rei do mundo!"

Graças a Deus, as janelas das limusines são de vidro fumê, portanto acho que ninguém da escola podia ter me reconhecido, mas não pude deixar de sentir vergonha.

Por isso, podem entender por que, depois que os levei à recepção e os registrei no hotel, e tudo, e a Mãezinha me perguntou se eu ia levar o Hank até a escola comigo de manhã, eu quase tive um troço.

"Ah, não vai querer ir comigo à escola, Hank", disse eu, mais do que depressa. "Quer dizer, está de férias. É melhor procurar uma coisa divertida para fazer." Tentei pensar em algo que pudesse parecer realmente divertido para o Hank. "Como ir ao Harley Davidson Cafe."

Mas Hank respondeu: "Claro que não. Quero ir à escola com você, Mia. Sempre quis ver como era um autêntico colégio nova-iorquino." Ele baixou o tom de voz, para Mãezinha e Paizinho não ouvirem. "Ouvi dizer que todas as mocinhas de Nova York usam *piercing* no umbigo."

Hank ia se decepcionar à beça se pensava que ia ver umbigos com *piercing* na minha escola — usamos uniforme, e não se permite nem amarrar as pontas das camisas à la Britney Spears.

Mas eu não via como me livrar da companhia dele na escola. Grandmère vivia dizendo que as princesas devem ser gentis. Bom, acho que esse vai ser meu grande teste.

Então disse: "Tudo bem." O que não foi muito gentil da minha parte, mas o que mais poderia dizer?

Aí a Mãezinha me surpreendeu me agarrando e me dando um abração para se despedir. Não sei por que fiquei tão surpresa. Era uma coisa bem de avó, é claro. Mas acho que, sendo a avó com quem passo a maior parte do tempo a Grandmère, não esperava aquela demonstração de afeto.

Enquanto me abraçava, Mãezinha disse: "Ora, você está que é só pele e osso, não?" Sim, obrigada, Mãezinha. É verdade, eu não tenho peito. Mas será que precisava berrar isso a plenos pulmões no saguão do SoHo Grand? "E quando vai parar de crescer tanto? Acho que está maior do que o Hank!"

Infelizmente, era verdade.

Aí Mãezinha mandou o Paizinho me abraçar para se despedir, também. Achei Mãezinha muito fofa de se abraçar. Mas Paizinho era o contrário, muito ossudo. Era meio espantoso essas duas pessoas conseguirem transformar minha mãe tão independente e voluntariosa em uma mulher confusa. Quero dizer, Grandmère costumava trancafiar o meu pai na masmorra do castelo quando ele era pequeno, e ele não ficou tão revoltado com ela quanto minha mãe com os pais dela.

Por outro lado, meu pai nega a realidade a todo custo e tem um complexo de Édipo mal resolvido. Pelo menos de acordo com a Lilly.

Quando cheguei em casa, minha mãe tinha saído do armário e ido para a cama, onde estava coberta por catálogos da Victoria's Secret e da J. Crew. Eu sabia que devia estar se sentindo um pouco melhor. Comprar coisas por correspondência é um dos seus passatempos prediletos.

Disse: "Oi, mãe."

Ela ergueu os olhos da edição de maiôs de primavera. O rosto dela estava todo inchado e manchado. Fiquei feliz porque o sr. Gianini não estava por perto. Ele talvez pensasse duas vezes antes de casar com ela se desse uma boa olhada nela naquele momento.

"Ah, Mia", disse ela, quando me viu. "Venha cá e me deixe abraçá-la. Foi horrível? Desculpe por eu ter sido uma mãe assim tão má."

Eu me sentei na cama ao lado dela. "Você não é uma mãe ruim", disse eu. "Você é uma ótima mãe. Só que não está se sentindo bem."

"Não", disse minha mãe. Estava fungando, e então entendi o motivo pelo qual ela parecia inchada e horrível: tinha chorado. "Sou uma pessoa péssima. Meus pais vieram de tão longe, lá de Indiana, para me ver, e eu os mando para um hotel!"

Podia jurar que minha mãe estava sofrendo de um desequilíbrio hormonal e não estava se comportando de forma normal. Se estivesse, não teria hesitado em mandar os pais para um hotel. Ela nunca os perdoou por

a) não apoiarem sua decisão de ter sua filha;
b) não aprovarem a criação que ela me deu;
c) votarem em George Bush, o pai, e no filho dele.

Desequilíbrio hormonal ou não, porém, a verdade é que minha mãe não pode passar por esse tipo de estresse. Esta devia ser uma ocasião feliz para ela. Já li em todos os *sites* sobre gravidez que a preparação para o nascimento do filho da gente deve ser uma época de alegria e comemoração.

E seria, se Grandmère não tivesse arruinado tudo, metendo o nariz onde não era chamada.

Alguém precisava detê-la.

E não estou dizendo isso só por causa da vontade enorme de ir *Rocky Horror* na sexta com o Michael.

# Terça-Feira, 28 de Outubro, Onze da Noite

Mais uma mensagem do Jo-C-rox!
Essa dizia:

JoCrox: Querida Mia,
Só uma mensagem rápida para lhe dizer que a vi ontem à noite. Você estava uma gata, como sempre. Sei que algumas pessoas na escola têm te aporrinhado. Não deixe que elas te ponham pra baixo. A maioria de nós acha que você é muito legal!
Seu Amigo

Não é uma fofura? Respondi no ato:

FtLouie: Querido amigo,
Valeu demais. POR FAVOR, pode me dizer quem é você? Juro que não vou contar a ninguém!!!!!!!!
Mia

Ele não respondeu ainda, mas acho que passei sinceridade, considerando-se todos os pontos de exclamação...
Estou vencendo a resistência dele aos pouquinhos, sei disso.

## DIÁRIO DE INGLÊS

Meu momento mais profundo foi

## DIÁRIO DE INGLÊS

Dê o máximo de si mesmo, pois é tudo que existe em você.

— Ralph Waldo Emerson

Acho que o sr. Emerson estava se referindo ao fato de que só recebemos uma vida para viver, e por isso é melhor aproveitarmos a vida ao máximo. Essa ideia é bem exemplificada num filme que vi no canal Lifetime, enquanto estava doente. O filme se chamava O *destino de Julia*. Nele, Mare Winningham representa o papel de Julia, uma mulher que acorda um dia depois de um acidente e descobre que seu corpo foi completamente destruído e o cérebro foi transplantado para o corpo de outra pessoa, cujo corpo era perfeito, mas cujo cérebro deixara de funcionar. Como Julia era modelo e agora o cérebro dela está no corpo de uma dona de casa (o de Mare Winningham), ela fica compreensivelmente contrariada. Começa a bater com a cabeça nas coisas porque não é mais loura, não tem mais um metro e setenta e cinco, nem pesa mais cinquenta quilos.

Mas, finalmente, através da dedicação incondicional do marido — apesar da sua nova aparência completamente diferente e um rápido sequestro pelo marido psicótico da dona de casa, que a quer de volta para lavar as roupas —, Julia percebe que ter o visual de uma modelo não é tão importante quanto estar viva.

Esse filme aborda uma questão inevitável: se seu corpo for destruído num acidente e tiverem que transplantar seu cérebro para o corpo de outra pessoa, em que corpo gostaria de estar? Depois de muito pensar, resolvi que adoraria ir para o corpo de Michelle Kwan, a patinadora olímpica, porque ela é muito bonita e suas habilidades são muito valorizadas. E, como todos sabem, hoje em dia está na moda ser asiática.

Ou Michelle ou Britney Spears, para eu poder finalmente ter uns seios maiores

## Quarta-Feira, 29 de Outubro, Inglês

Bom, uma coisa é certa:

Ter um cara como o meu primo Hank seguindo você de aula em aula certamente desvia a atenção das pessoas do mico que você pagou na televisão no dia anterior.

Estou falando sério. Não que as animadoras de torcida tenham esquecido totalmente o que eu disse no *TwentyFour/Seven* — ainda estão me fuzilando com os olhos no corredor de vez em quando. Mas assim que os olhares dela pousaram no Hank, depois de me observarem dos pés à cabeça, alguma coisa parece ter acontecido com elas.

Eu não entendi o que foi, a princípio. Pensei que só estivessem espantadas por ver um cara de camisa de flanela e macacão em plena Manhattan.

Aí comecei a entender que tinha alguma outra coisa. Acho que o Hank é meio bronzeado e tem uns cabelos louros legais que caem bem com os olhos azuis de menino bonito dele.

Mas acho que é mais do que isso. Parece que o Hank está liberando aqueles feromônios que estudamos em biologia, ou coisa do gênero.

Mas não consigo senti-los porque sou parente dele.

Assim que as garotas veem o Hank, começam a perguntar para mim "Quem é esse aí?", enquanto observam atentamente os bíceps do Hank, que se destacam mesmo sob todo aquele tecido xadrez.

Lana Weinberger, por exemplo. Estava por ali, enrolando perto do meu armário, esperando o Josh aparecer para os dois poderem praticar seu ritual matinal de desentupimento de pia boca a boca, quando Hank e eu chegamos. Os olhos de Lana — muito maquiados com Bobbi Brown — se arregalaram, e ela disse: "Quem é o seu amigo?" numa voz que eu nunca tinha ouvido antes. E olha que já a conheço faz um tempinho...

Respondi: "Não é meu amigo, é meu primo."

Lana disse a Hank, na mesma voz estranha: "Você pode ser meu amigo."

Hank respondeu, com um sorriso escancarado: "Puxa, obrigado, moça."

E não pensem que na aula de álgebra a Lana não estava fazendo o possível para o Hank olhar para ela. Ela esparramava toda aquela cabeleira loura dela em cima da minha carteira. Deixou cair o lápis umas quatro vezes. Ficou cruzando, descruzando e tornando a cruzar as pernas. Finalmente o sr. Gianini disse: "Srta. Weinberger, está precisando de um passe para ir ao banheiro?" Isso jogou um balde de água fria nela, mas só durante cinco minutos.

Até a srta. Molina, secretária da escola, começou a dar uns sorrisinhos estranhos enquanto confeccionava um passe de visitante para o Hank.

Mas isso não é nada comparado à reação da Lilly ao entrar na limusine hoje de manhã, quando passamos para pegar ela e o Michael. Ela olhou para a outra ponta, o queixo dela caiu, e o pedaço de Pop Tart que estava mastigando caiu no chão. Nunca a vi fazer nada igual em toda a minha vida. Lilly não costuma ter problemas para manter as coisas na boca.

Os hormônios são muito poderosos. Eles nos controlam legal. Isso certamente explica todo esse negócio da minha fixação no Michael.

T. Hardy — enterraram o coração em Wessex, corpo em Westminster

Hum, fala sério, que coisa mais *repulsiva*.

## Quarta-feira, 29 de Outubro, S & J

Não dá pra acreditar. Sinceramente não dá.

Lilly e Hank sumiram.

É isso aí. Sumiram.

Ninguém sabe onde foram. Boris está desesperado. Não para de tocar Mahler. Até a sra. Hill concorda agora que trancá-lo no almoxarifado é a melhor forma de conservarmos nossa sanidade mental. Ela nos deixou entrar sorrateiramente no ginásio para roubar uns colchonetes e encostá-los na porta do almoxarifado para abafar o som.

Só que não está dando certo.

Acho que posso entender o desespero do Boris. Quero dizer, quando se é um gênio musical e a garota na qual se está dando beijos de língua regularmente de repente desaparece com um cara como o Hank, é mesmo uma coisa desmoralizadora.

Eu devia ter previsto. Lilly estava excessivamente sedutora na hora do almoço. Ela ficou fazendo umas perguntas ao Hank sobre a vida em Indiana. Se ele era o rapaz mais popular da escola, e tal. O que naturalmente ele disse que era — embora eu pessoalmente não acredite que ser o cara mais popular da Escola de Versailles (que no sotaque lá de Indiana se diz Ver-seiles, aliás) seja lá grande coisa.

Então ela se empolgou: "Você tem namorada?"

Hank ficou acanhado e disse que tinha, mas "Amber" tinha lhe dado o fora há umas semanas, por causa de um cara cujo pai é dono de uma churrascaria do lugar. Lilly fez cara de espantada e disse que Amber devia estar sofrendo de algum distúrbio de personalidade limítrofe se não conseguia ver que indivíduo autoconsciente que o Hank era.

Fiquei tão revoltada com essa exibição toda, que mal consegui manter meu hambúrguer vegetariano no estômago.

Então Lilly começou a falar sobre todas as coisas fabulosas que existem para se fazer na cidade e como o Hank realmente precisava aproveitá-las, em vez de ficar ali na escola comigo. Disse: "Por exemplo, tem o Museu do Trânsito, que é fascinante."

Tô falando sério. Ela disse *Museu do Trânsito*, e disse que era fascinante. *A Lilly Moscovitz*.

Juro que os hormônios são muito perigosos.

Aí ela continuou: "E no Dia das Bruxas, tem um desfile no Village, e depois vamos todos para o *The Rocky Horror Picture Show*. Já assistiu a esse filme antes?"

Hank disse que não, que nunca tinha assistido.

Eu devia ter percebido naquele instante que havia alguma coisa no ar, mas não saquei. A campainha tocou, e Lilly disse que queria levar o Hank para o auditório para lhe mostrar a parte do cenário de *My Fair Lady* que ela mesma havia pintado (um poste de iluminação). Sentindo que até mesmo uma suspensão temporária dos constantes comentários de Hank sobre nossa última temporada juntos — "Lembra daquela vez que deixamos as bicicletas no jardim da frente e você ficou preocupada, achando que alguém podia vir de noite roubá-las?" — seria um alívio, respondi: "Falou."

E tinha sido a última vez que vimos os dois.

Estou me sentindo culpada. Hank aparentemente é atraente demais para ficar solto por aí no meio dessa galera. Devia ter reconhecido isso. Devia ter reconhecido que a atração por um garoto do campo sem cultura mas absolutamente lindo seria mais forte do que a atração por um gênio musical sem tanto charme, vindo da Rússia.

Agora tinha transformado minha melhor amiga em uma traidora *E* cabuladora de aula. Lilly jamais havia faltado a uma aula na vida. Se a pegarem, vai acabar na detenção. Imagino se ela vai achar que vale a pena ficar sentada na lanchonete por uma hora depois da aula com os outros delinquentes juvenis para ter os momentos fugazes de volúpia adolescente que está tendo com o Hank.

Michael não está ajudando. Não está nem um pouco preocupado com a irmã. Aliás, parece estar achando tudo muito engraçado. Já o alertei de que, pelo que sabemos, a Lilly e o Hank podiam ter sido raptados por terroristas líbios, mas ele diz que acha isso improvável. Acha mais lógico presumir que eles estejam tendo uma tarde bem gostosa no cinema 360 graus Sony Imax.

É ruim, hein. Hank tem uma tendência ao enjoo. Contou-nos isso quando passamos pelo bondinho para a Roosevelt Island esta manhã no caminho da escola.

O que a Mãezinha e o Paizinho vão dizer quando descobrirem que perdi o neto deles?

**CINCO LUGARES ONDE LILLY E HANK PODERIAM ESTAR**

1. Museu do Trânsito
2. Saboreando uma carne em conserva na *delicatessen* da Segunda Avenida
3. Procurando o nome de Dionysious Thermopolis no muro dos imigrantes da Ellis Island
4. Sendo tatuados no St. Marks'Place
5. Transando como dois animais no cio no quarto dele no SoHo Grand

AI, MEU DEUS!

# Quarta-Feira, 29 de Outubro, Civilizações Mundiais

Ainda nem sinal deles.

# Quarta-Feira, 29 de Outubro, Biologia

Nada ainda.

**DEVER DE CASA**

Álgebra: Resolver os problemas números 3, 9, 12 da página 147
Inglês: Momento Profundo!!!!!!!!!!!!!!!!!!!!!!!!!!!!!!!!!!!!!!!!!!
Civilizações Mundiais: ler capítulo 10
S&T: Deus me livre
Francês: 4 frases: une blague, la montagne, la mer, il y a du soleil
Biologia: perguntar ao Kenny

Pois sim! Quem consegue se concentrar no dever de casa quando sua melhor amiga está desaparecida na cidade de Nova York????

## Quarta-Feira, 29 de Outubro, Aula de Reforço de Álgebra

Lars diz que acha que seria precipitado ligar para a polícia nesta altura do campeonato. O sr. Gianini concorda com ele. Diz que a Lilly, no fundo, é muito sensata, e é irreal crer que ela possa ter deixado Hank cair nas mãos de terroristas líbios. Eu, naturalmente, estou apenas usando os terroristas líbios como exemplo do tipo de risco que os dois poderiam correr. Tem uma outra possibilidade muito mais perturbadora:

Suponhamos que a Lilly tenha se apaixonado por ele.

Falo sério. Suponhamos que a Lilly, contra todo o bom senso, tenha se apaixonado perdidamente pelo meu primo Hank, e ele também, por ela. Coisas mais estranhas já aconteceram neste mundo. Ou seja, a Lilly está começando a perceber que o Boris é um gênio, sim, mas ainda se veste mal e não consegue respirar pelo nariz. Talvez esteja disposta a trocar todas aquelas conversas intelectuais que costumava ter com o Boris por um rapaz cujo único dote é o que comumente chamamos de traseiro.

E o Hank talvez esteja encantado com o excepcional intelecto da Lilly. Sabem, o QI dela é uns 100 pontos maior do que o dele, tranquilamente.

Mas será que não conseguem ver que, apesar da atração mútua, esse relacionamento só pode levar à perdição? Quer dizer, suponhamos que eles TRANSEM, ou coisa assim? E suponhamos que, apesar de todos os anúncios da saúde pública na MTV, eles se esqueçam de colocar a camisinha, como minha mãe e o sr. G? Vão ter que se casar, e aí Lilly vai ter que ir morar em Indiana, em um terreno para estacionamento de reboques, porque é onde todas as mães adolescentes moram. E vai usar vestidinhos caseiros do Wal-Mart e fumar Kools, enquanto o Hank vai até a borracharia, ganhar cinco dólares e cinquenta por hora.

Será que sou a única que pode ver onde tudo isso vai acabar? O que há de errado com os outros?

Primeiro passo — agrupamento (avaliar com símbolos de agrupamento, começando com o mais interno)
Segundo passo — avaliar todas as potências
Terceiro passo — multiplicar e dividir, da esquerda para a direita
Quarto passo — somar e subtrair em ordem, da esquerda para a direita

# Quarta-Feira, 29 de Outubro, Sete da Noite

Está tudo bem. Eles estão a salvo.

Aparentemente, o Hank voltou para o hotel por volta das cinco, e Lilly apareceu no apartamento dela, de acordo com Michael, um pouco depois.

Eu gostaria muito de saber por onde eles andaram, mas tudo que disseram foi: "Fomos só dar uma voltinha."

Lilly acrescentou: "Caramba, você não podia ser um pouco menos possessiva?"

É mole?

Mas tenho coisas piores com que me preocupar. Bem na hora em que eu ia entrando na suíte de Grandmère no Plaza, para minha aula de etiqueta de hoje, o papai apareceu, meio nervoso.

Só duas coisas deixam meu pai nervoso. Uma é minha mãe.

E a outra é a mãe dele.

Disse baixinho: "Escuta aqui, Mia, sobre esse negócio do casamento..."

Eu disse: "Espero que tenha tido oportunidade de falar com Grandmère."

"Sua avó já mandou os convites. Para o casamento, quero dizer."

"*Como é que é?*"

Ai, meu Deus. Meu Deus do céu. Era um desastre. Um desastre!

Meu pai deve ter adivinhado o que eu estava pensando pela minha cara, porque continuou: "Mia, não esquenta. Eu vou cuidar disso. Deixe comigo, tá?"

Mas como posso não me esquentar? Meu pai é um cara legal e tudo, pelo menos tenta ser. Mas estamos falando de *Grandmère*. GRANDMÈRE. Ninguém se insurge contra Grandmère, nem o príncipe de Genovia.

E nada que ele tivesse dito a ela até ali iria funcionar. Ela e o Vigo estão mais concentrados do que nunca em seu planejamento nupcial.

"Já recebemos respostas de algumas pessoas aceitando o convite", informou Vigo a mim, orgulhoso, quando entrei. "Do prefeito, e do sr. Donald Trump, e da srta. Diane Von Furstenberg, e da família real da Suécia, além do sr. Oscar de la Renta e do sr. John Tesh, e a srta. Martha Stewart..."

Eu não disse uma palavra. Porque só conseguia pensar no que minha mãe diria se, ao percorrer o corredor, visse o John Tesh e a Martha Stewart. Ela talvez saísse correndo da sala.

"Seu vestido chegou", informou Vigo, as sobrancelhas subindo e descendo sugestivamente.

"Meu o quê?"

Infelizmente, Grandmère me ouviu e bateu palmas tão alto, que o Rommel saiu correndo para se esconder, aparentemente pensando que tinham lançado um míssil nuclear ou coisa assim.

"Nunca mais diga *o que* outra vez", disse Grandmère, soltando faisquinhas na minha direção. "Diga, *perdão, como disse?*"

Olhei para o Vigo, que estava prendendo o riso. Caramba! o Vigo acha graça em Grandmère quando ela se zanga.

Se houver alguma medalha por bravura em Genovia, ele devia ser condecorado com ela.

"Perdão, como disse, senhor Vigo?", disse eu, muito educadamente.

"Por favor, por favor", disse Vigo, sacudindo a mão. "Vigo, apenas, nada desse negócio de senhor, Vossa Alteza. Agora me diga. O que acha disso?"

E de repente, tirou um vestido de uma caixa.

E no minuto em que o vi, fiquei de quatro.

Porque era o vestido mais lindo que eu jamais tinha visto. Parecia exatamente com o vestido da Glinda, a Bruxa Boa, de *O mágico de Oz* — só que não era tão brilhante. Mesmo assim, era rosa, com uma grande saia-balão, e tinha umas rosinhas nas mangas. Eu nunca quis tanto um vestido quanto quis aquele no momento em que pus os olhos nele.

Eu tinha que experimentá-lo. Eu simplesmente não resisti.

Grandmère supervisionou a prova, enquanto Vigo pairava por ali, reabastecendo o copo dela com *sidecar*. Além de apreciar seu coquetel favorito, Grandmère estava fumando uma cigarrilha, de forma que parecia ainda mais metida do que de costume. Ficava apontando com a cigarrilha e dizendo: "Não, assim não", e "Pelo amor de Deus, erga os ombros, Amelia."

Constataram que o vestido estava grande demais no busto (grande novidade) e teriam que fazer um ajuste ali. As alterações necessárias só permitiriam que o vestido ficasse pronto na sexta, mas o Vigo garantiu que trataria de fazê-las a tempo.

E foi aí que me lembrei para que serviria aquele vestido.

Caramba, que espécie de filha eu sou, hein? Sou mesmo terrível.

Não quero que essa cerimônia aconteça. Minha mãe não quer que esse casamento aconteça. Então o que estou fazendo aqui, experimentando um vestido que devia estar usando nesse evento que ninguém a não ser Grandmère quer que aconteça, e que, se meu pai tiver êxito, não vai acontecer, mesmo?

Mesmo assim, achei que meu coração se partiria quando tirei o vestido, e o recoloquei no cabide forrado de cetim. Era a coisa mais linda que eu jamais tinha visto, muito menos usado. Não podia parar de pensar "Se ao menos o Michael pudesse me ver com esse vestido..."

Ou até o Jo-C-rox. Talvez ele superasse aquela timidez dele e conseguisse dizer cara a cara o que conseguiu dizer antes por escrito... E, se ele não for o cara do chili, talvez possamos mesmo sair juntos.

Mas, se há um lugar adequado para se usar um vestido como esse, é um casamento. E por mais que eu quisesse usar o vestido, certamente não queria que fosse em um casamento. Minha mãe mal estava conseguindo conservar a sanidade mental. Um casamento ao qual o John Tesh fosse comparecer — e no qual talvez até cantasse — poderia fazê-la endoidar de vez.

Mesmo assim, nunca na minha vida me senti tão princesa como me senti experimentando aquele vestido.

É uma pena eu não poder usá-lo.

# Quarta-Feira, 29 de Outubro, Dez da Noite

Muito bem, eu estava mudando os canais da televisão, sabem como é, para descansar um pouquinho do estudo, e tal, porque estava muito cansada de tentar imaginar um momento profundo sobre o qual escrever no meu diário de inglês, quando, de repente, no canal 67, um dos canais de acesso público, vejo um episódio do programa da Lilly, o *Lilly Tells It Like It Is*, que eu nunca vi antes. Estranho, porque o *Lilly Tells It Like It Is* costuma ser nas noites de sexta-feira.

Aí imaginei que, como esta sexta-feira é Dia das Bruxas, talvez o programa da Lilly tivesse sido antecipado para que pudessem mostrar o desfile do Village ou coisa parecida.

Então fiquei sentada ali, assistindo ao programa, que é o episódio da festa do pijama. Sabe, aquele que gravamos no sábado, com todas as outras meninas confessando os beijos de língua, essas coisas, e o caso da berinjela atirada pela janela? Só que a Lilly tinha cortado todas as cenas em que meu rosto aparecia, de forma que, se as pessoas não soubessem que Mia Thermopolis era a garota de pijama estampado de moranguinhos, jamais adivinhariam que era eu.

No geral, foi uma coisa bem fraquinha. Talvez algumas mães realmente bem puritanas se incomodassem com a história dos beijos de língua, mas não há muitas assim em Nova York, que é a região coberta pela empresa de tevê a cabo que transmite o programa.

Aí a câmera se moveu de um jeito esquisito, e quando a imagem ficou nítida de novo, havia um *close-up* do meu rosto. Isso mesmo. MEU ROSTO. Eu estava deitada no chão com o travesseiro debaixo da cabeça, falando com voz sonolenta.

Então me lembrei: na tal festa do pijama, depois que todos tinham adormecido, Lilly e eu ficamos acordadas, batendo papo.

E acontece que ela me FILMOU O TEMPO TODO!

Eu estava deitada ali, falando: "O que eu mais quero fazer é abrir um abrigo para animais perdidos e abandonados. Sabe, fui a Roma uma vez, e vi uns oitenta milhões de gatos perambulando entre os monumentos. E teriam morrido na certa, se umas freiras não tivessem alimentado eles, e tudo. Então a primeira coisa que eu acho que vou fazer é abrir um abrigo onde todos os animais perdidos de Genovia sejam bem tratados. Sabia? E nunca vou pôr nenhum deles para dormir, a menos que tenham alguma doença grave ou coisa assim. E vai ter muitos cachorros e gatos, talvez alguns golfinhos e jaguatiricas..."

A voz de Lilly, sem que ela aparecesse, disse: "Existem jaguatiricas em Genovia?"

Eu respondi: "Acho que sim. Talvez não, quem sabe. Mas seja lá como for... Todos os animais que precisarem de um lar podem ir morar lá. E talvez eu contrate uns treinadores de cachorros para cegos, que podem treinar os cães para serem cachorros de cego. E aí podemos dá-los para pessoas cegas que precisem deles. E podemos levar os gatos para hospitais e abrigos de pessoas da terceira idade, e deixar os pacientes cuidarem deles, porque isso sempre faz as pessoas se sentirem melhor — a não ser gente como minha avó, que detesta gatos. Podemos arranjar cachorros para essas pessoas. Ou talvez uma jaguatirica."

A voz de Lilly: "E esse vai ser seu primeiro ato quando se tornar regente de Genovia?"

Eu respondi, sonolenta: "É, acho que sim. Talvez pudéssemos aproveitar e transformar logo o castelo em um abrigo de animais, sacou? E todos os animais perdidos da Europa podiam ir morar lá. Até os gatos de Roma."

"Acha que sua Grandmère vai gostar disso? Quero dizer, de todos esse gatos perdidos pelo castelo?"

Respondi: "Até lá ela já terá morrido, então, não estou nem aí."

Ai, caramba! Espero que não tenham acesso público pelas tevês lá do Plaza...

Lilly me perguntou: "O que você detesta mais? No fato de ser princesa, quero dizer."

"Ah, isso é mole de responder. Não poder ir à *delicatessen* comprar leite sem ter que ligar antes e pedir ao guarda-costas que me escolte. Não ser capaz de vir aqui te visitar sem toda essa produção. Essa coisa toda das minhas unhas. Quero dizer, quem é que se importa com a aparência das minhas unhas, né? Por que isso tem alguma importância? Esses troços assim."

Lilly continuou: "Está nervosa? Com a sua apresentação formal ao povo de Genovia em dezembro?"

"Bom, não estou exatamente nervosa, só que... sei lá. E se eles não gostarem de mim? Como as damas de companhia, e tal? Sabe, ninguém lá na escola gosta de mim. Então, provavelmente, ninguém de Genovia vai gostar também.

"A galera da escola gosta de você", disse Lilly.

Então, na frente da câmera, eu peguei no sono. Ainda bem que não babei, nem, coisa pior, ronquei. Eu não seria mais capaz de dar as caras na escola amanhã.

Aí apareceram umas palavras percorrendo a tela: "Não acreditem na mídia convencional! Essa é a autêntica entrevista com a princesa de Genovia!"

Assim que terminou, corri ao telefone para ligar para a Lilly e lhe perguntei o que exatamente ela pensava que estava fazendo.

Ela só respondeu, naquela voz convencida e irritante: "Só queria que as pessoas pudessem conhecer a verdadeira Mia Thermopolis."

"Não foi isso não!", retruquei. "Só queria que uma das grandes empresas visse, para te pagar uma nota pela entrevista."

"Mia", disse Lilly, parecendo magoada. "Como é que pode pensar uma coisa dessas?"

Ela pareceu tão espantada, que me manquei que não devia ter sido essa a intenção.

"Bom", disse eu. "Podia ter me avisado."

"Teria concordado em fazer isso?", indagou Lilly.

"Bem", disse eu, "não; provavelmente, não."

"Então pronto", disse Lilly.

Até que acho que não paguei um mico tão grande assim na entrevista com a Lilly. Eu só pareço uma excêntrica meio maníaca por gatos. Realmente não sei o que é pior.

Mas a verdade é que já estou começando a me desencanar. Pergunto-me se isso não acontece com gente famosa. Talvez no início a gente realmente se importe com o que dizem na imprensa, mas, depois de algum tempo, a gente simplesmente desencana.

Imagino se o Michael viu isso, e se viu, o que ele achou do meu pijama. Até que é um pijama bem bonitinho.

# Quinta-Feira, 30 de Outubro, Inglês

Hank não veio para a escola comigo hoje. Telefonou logo de manhã e disse que não estava se sentindo muito bem. Não me surpreendi nem um pouco. Na noite passada a Mãezinha e o Paizinho ligaram querendo saber onde podiam encontrar um bom bife naquele corte típico de Nova York em Manhattan. Como eu não costumo frequentar restaurantes que sirvam carne, pedi uma sugestão ao sr. Gianini, e ele reservou uma mesa numa churrascaria não muito famosa.

E aí, apesar das fortes objeções da minha mãe, ele insistiu em levar Mãezinha e Paizinho, o Hank e eu para jantar fora, para ele poder conhecer melhor seus futuros sogros.

Aparentemente, foi demais para minha mãe. Ela saiu da cama, colocou rímel e batom, botou um sutiã e saiu com a gente. Acho que foi mais para evitar que Mãezinha afugentasse o sr. G com suas constantes referências ao número de carros da família que foram parar em pleno milharal enquanto mamãe aprendia a dirigir.

No restaurante, fico horrorizada de relatar, apesar do grande risco de doenças cardíacas e alguns cânceres aos quais se provou cientificamente que as gorduras saturadas e o colesterol estão ligados, meu futuro padrasto, meu primo e meus avós maternos — sem mencionar o Lars, que eu não sabia que gostava tanto de uma carne, e a minha mãe, que atacou seu bife que nem a Rosemary atacou aquele naco de carne moída crua em *O bebê de Rosemary* (que eu nunca vi, mas do qual já ouvi falar) — ingeriram o que deve ter sido o equivalente a uma vaca inteira.

Isso me deixou muito transtornada, e eu senti vontade de alertá-los de que é desnecessário, bem como faz mal à saúde, comer coisas que já estiveram vivas e se movimentando, mas, lembrando-me das minhas aulas de como ser princesa, simplesmente me concentrei na minha entradinha de legumes grelhados e não disse nada.

Mesmo assim, não me surpreendi nem um pouco por Hank não estar se sentindo bem. Toda aquela carne vermelha provavelmente está depositada, sem ter sido completamente digerida, atrás daqueles músculos abdominais que parecem tanque de lavar roupa, enquanto nós estamos aqui batendo nosso papinho (estou só presumindo que o Hank tenha músculos abdominais que parecem tanque de lavar roupa, uma vez que, graças a Deus, eu não os vi ao vivo e em cores).

O interessante, porém, é que aquela foi a única refeição que a minha mãe conseguiu reter no estômago. Esse bebê não é vegetariano, disso podem ter certeza.

Bom, a decepção que a ausência do Hank gerou aqui na Albert Einstein é sensível. A srta. Molina me viu no corredor e perguntou, com ar de tristeza: "Não está precisando de outro passe de visitante para seu primo hoje?"

A ausência do Hank também significa, aparentemente, que minha dispensa dos olhares malignos que as animadoras de torcida andaram me endereçando está revogada: esta manhã a Lana estendeu o braço, puxou e soltou a parte de trás do meu sutiã, para chamar a atenção, e perguntou na voz mais nojenta que pôde fazer: "Pra quê você usa sutiã? Não precisa."

Quisera estar num lugar onde as pessoas se tratam com cortesia e respeito. Infelizmente, isso não acontece nas escolas de ensino médio. Quem sabe em Genovia? Ou possivelmente naquela estação espacial que os russos construíram, aquela que está se desmantelando lá no espaço.

Parece que a única pessoa que está feliz com a infelicidade do Hank é o Boris Pelkowski. Estava esperando a Lilly na portaria da escola quando chegamos esta manhã, e assim que nos viu, perguntou: "Cadê o Honk?" (Por causa do sotaque russo forte dele, é assim que pronuncia o nome do Hank.)

"O Honk, quer dizer o Hank, está doente", informei a ele, e não seria exagero dizer que a expressão que se formou nas feições irregulares de Boris foi beatífica. Foi até meio comovente. A devoção canina do Boris à Lilly pode ser irritante, mas sei que só sinto essa irritação porque tenho inveja. *Eu* é que quero um rapaz ao qual pudesse contar meus mais profundos segredos. *Eu* é que quero um cara para me dar beijos de língua. *Eu* é que quero um menino que fique com ciúme se eu passar muito tempo com outro cara, mesmo um cara totalmente caipira feito o Hank.

Mas acho que nem sempre conseguimos o que queremos, não? Parece que só vou conseguir um irmãozinho ou uma irmã e um padrasto que sabe muito sobre a fórmula das equações quadráticas e que está se mudando amanhã para a nossa casa com a mesa de totó dele.

Ah, e o governo de um país, um dia.

Grande coisa. Eu preferia um namorado.

# Quinta-Feira, 30 de Outubro, Civilizações Mundiais

**COISAS A FAZER ANTES DA MUDANÇA DO SR. G**

1. Passar o aspirador de pó
2. Limpar a caixa de areia do gato
3. Deixar a roupa suja na lavanderia
4. Tirar daqui o lixo reciclável, principalmente as revistas da mamãe que se referem a orgasmos na capa — muito importante!!!
5. Tirar os produtos de higiene feminina de todos os banheiros
6. Abrir espaço na sala de visitas para a mesa de totó, a máquina de fliperama e a televisão grande
7. Verificar o armário de remédios: esconder o Midol, o Nair, o Jolene — muito importante!!!
8. Retirar os livros *Nossos corpos, Nós mesmos* e *A alegria do sexo* das prateleiras da mamãe
9. Ligar para a operadora de TV a cabo. Acrescentar a Classics Sport Network e tirar o canal Romance.
10. Pedir à mamãe para parar de pendurar sutiãs na maçaneta do banheiro
11. Parar de roer as unhas postiças
12. Parar de pensar tanto em M.M.
13. Consertar a tranca da porta do banheiro
14. Papel higiênico!!!!

## Quinta-Feira, 30 de Outubro, S & T

Não dá pra acreditar.

Eles repetiram a dose.

Hank e Lilly desapareceram OUTRA VEZ!

Nem mesmo sabia a respeito do Hank até o Lars receber uma ligação da mamãe no celular. Ela estava muito chateada porque a mãe dela havia ligado para o estúdio, gritando histericamente porque o Hank tinha sumido do quarto de hotel. Mamãe queria saber se o Hank tinha aparecido na escola.

Que eu soubesse, não.

Aí, na hora do almoço, a Lilly também não aparece.

Ela nem mesmo tentou disfarçar. Estávamos fazendo o exame de Forma Física Presidencial, na educação física, e logo na hora de escalar a corda, Lilly começou a reclamar de cãibras.

Cãibras. Uma ova. Lilly não está com cãibras. O mal dela é o tesão que ela está sentido pelo meu primo!

A verdadeira questão é: quanto tempo vamos poder esconder isso do Boris? Lembrando-se do Mahler que tínhamos precisado aturar ontem, todos estão tendo o máximo cuidado para não comentar que coincidência era essa de a Lilly estar doente e o Hank ter desaparecido na mesma ocasião. Ninguém quer ser obrigado a recorrer aos colchonetes do ginásio outra vez. Aquelas coisas pesam que é uma loucura.

Como precaução, Michael está tentando manter o Boris ocupado com um jogo de computador que ele inventou chamado Decapite o Backstreet Boy. Nele a gente precisa atirar facas e machados, coisas assim, nos componentes da banda Backstreet Boys. A pessoa que cortar as cabeças do maior número de Backstreet Boys passa para o nível seguinte, em que decapita os caras do 98 Degrees, depois do N'Sync etc. O jogador que conseguir cortar mais cabeças pode gravar suas iniciais a ponta de faca no peito nu do Ricky Martin.

Não posso acreditar que Michael ganhou só um B nesse jogo na aula de informática. Mas o professor tirou pontos dele porque achou que o jogo não era violento o suficiente para o mercado atual.

A sra. Hill nos deixou conversar hoje. Eu sei que é porque ela não quer ser obrigada a escutar o Boris tocar Mahler, ou pior, Wagner. Cheguei para a sra. Hill depois da aula ontem e pedi desculpas pelo que havia dito na tevê, de ela estar sempre na sala dos professores, mesmo sendo verdade. Ela disse para eu não esquentar com isso. Com certeza foi porque meu pai lhe mandou um aparelho de DVD de presente, junto com um enorme buquê de flores, no dia depois da transmissão da entrevista. Ela vem sendo bem mais simpática comigo depois disso.

Sabem, acho todo esse negócio da Lilly com o Hank muito difícil de engolir. Quer dizer, logo a *Lilly*, de todas as pessoas que eu conheço, virar assim uma escrava da volúpia. Porque ela não pode estar genuinamente apaixonada pelo Hank. Ele é um cara bem legal e tudo — e gato — mas, vamos dizer a verdade, ele não está lá com essa bola toda em matéria de cultura.

Lilly, por outro lado, é membro da MENSA — ou pelo menos podia ser, se não considerasse essa organização excessivamente burguesa. Além disso a Lilly não tem exatamente o que se chamaria uma beleza tradicional — quero dizer, eu a acho bonitinha, mas de acordo com a reconhecidamente limitada concepção do que seja "atraente" hoje em dia, não dá pra Lilly emplacar. É bem mais baixa do que eu, e meio gorduchinha, e tem aquela carinha amassada. Não é bem o tipo do qual se esperaria que um cara como o Hank gostasse.

Então, o que uma moça como a Lilly e um cara como o Hank têm em comum, afinal?

Ai, meu Deus, não responde, não, vai.

**DEVER DE CASA**

Álgebra: página 123, problemas 1-5, 7
Inglês: no diário, descreva um dia da sua vida; não esquecer o momento profundo
Civilizações Mundiais: responder as perguntas do fim do capítulo 10
S&T: Trazer um dólar na segunda-feira para comprar tapa-ouvidos
Francês: une description d´une personne, trente mots minimum
Biologia: Kenny disse para eu não me grilar, que ele faz pra mim

# Quinta-Feira, 30 de Outubro, Sete da Noite, na Limusine, Voltando para o Loft

Mais um tremendo choque. Se minha vida continuar assim nessa montanha-russa, talvez eu precise de um psiquiatra.

Quando entrei para minha aula de como ser princesa, lá estava a Mãezinha — a Mãezinha! — sentada em um dos minúsculos sofazinhos cor-de-rosa de Grandmère, bebericando chá.

"Ah, ela sempre foi assim", dizia Mãezinha. "Teimosa como uma mula."

Logo vi que estavam falando de mim. Joguei a mochila no chão e gritei: "Sou *nada!*"

Grandmère estava sentada no sofá diante de Mãezinha, com uma xícara de chá e o pires nas mãos. Ao fundo, Vigo corria para lá e para cá como um brinquedinho de corda, atendendo ao telefone e dizendo coisas como: "Não, as flores cor de laranja são para a festa do casamento, as rosas são para os centros de mesa" e "Mas *é claro* que as costeletas de cordeiro são aperitivos."

"Que jeito é esse de entrar numa sala?", queixou-se Grandmère em francês. "Uma princesa jamais interrompe os mais velhos, e nunca joga objetos no chão. Agora venha cá e me cumprimente como gente."

Eu me aproximei e a beijei nas duas faces, mesmo sem ter

vontade. Depois fui até Mãezinha e fiz o mesmo. Mãezinha soltou risadinhas e exclamou: "Mas que coisa tão europeia!"

Grandmère disse: "Agora sente-se, e ofereça uma madalena à sua avó."

Eu me sentei, para mostrar como posso ser dócil, e ofereci à Mãezinha uma madalena do prato que estava na mesa diante dela, como Grandmère tinha me ensinado a fazer.

Mãezinha tornou a soltar risadinhas e pegou um biscoito. Ergueu o dedo mínimo ao fazer isso.

"Ora, obrigada, querida."

"Agora", disse Grandmère em inglês, "onde estávamos, Shirley?"

Mãezinha disse: "Ah, sim. Bom, como eu dizia, ela sempre foi assim. Teimosa o tempo inteiro. Não me admira ela ter se oposto ao casamento. Não estou nem um pouco surpresa."

Ei, não era de mim que estavam falando, era da...

"Quero dizer, não posso lhe dizer que ficamos encantados quando aconteceu da primeira vez. É claro que a Helen nunca mencionou que ele era príncipe. Se soubéssemos, teríamos incentivado a moça a se casar com ele."

"É compreensível", murmurou Grandmère.

"Mas desta vez", disse Mãezinha, "bom, não podíamos ficar mais encantados. Frank é uma doçura."

"Então, estamos de acordo", disse Grandmère. "Esse casamento precisa acontecer — e acontecerá."

"Ah, sem dúvida alguma", respondeu Mãezinha.

Eu meio que esperava que as duas cuspissem nas mãos e as apertassem depois, um velho costume de Indiana que aprendi com o Hank.

Mas em vez disso elas tomaram cada uma um gole de sua respectiva xícara de chá.

Eu tinha certeza absoluta de que ninguém ali ia me dar atenção, mas pigarreei do mesmo jeito.

"Amelia", disse Grandmère, em francês. "Nem mesmo pense em fazer isso."

Tarde demais. Eu comecei: "A Mamãe não quer..."

"Vigo", chamou Grandmère. "Está com os sapatos? Aqueles que combinam com o vestido de princesa?"

Como num passe de mágica, Vigo surgiu, trazendo o par mais lindo de sapatos de cetim cor-de-rosa que eu já tinha visto. Eles tinham rosinhas nas pontas para combinar com as do vestido de dama de honra.

"Não são uma graça?", disse Vigo, quando os mostrou para mim. "Não quer experimentá-los?"

Aquilo era maldade. Era golpe baixo.

Era bem típico de Grandmère.

Mas o que eu podia fazer? Não deu pra resistir. Os sapatos couberam perfeitamente, e devo admitir que ficaram deslumbrantes em mim. Davam aos meus pés que pareciam esquis a aparência de serem um número menor, talvez até dois números! Não via a hora de usá-los com o vestido. Talvez, se cancelassem o casamento, eu pudesse usá-los no baile dos estudantes. Se tudo fosse bem com o Jo-C-rox, quero dizer.

"Seria uma pena termos que mandá-los de volta", disse Grandmère com um suspiro, "porque sua mãe está sendo tão teimosa."

Quem não arrisca, não petisca.

"Será que não daria para guardá-los para outra ocasião?", indaguei, tentando jogar uma pequena indireta.

"Ah, não", disse Grandmère. "Rosa não serve para mais nada além de casamentos."

Por que eu?

Quando minha aula de etiqueta da corte terminou — aparentemente hoje consistia em ficar ali sentada ouvindo minhas duas avós reclamarem de como seus filhos (e netos) as detestam — Grandmère ficou de pé e disse a Mãezinha: "Então, estamos entendidas, Shirley?"

E Mãezinha respondeu: "Ah, sim, Alteza."

Isso me pareceu um mau presságio. Aliás, quanto mais eu pensava no caso, mais me convencia de que meu pai não tinha movido um dedo para tirar a mamãe do que claramente vai ser uma situação bem complicada. De acordo com Grandmère, uma limusine vai passar amanhã à noite para pegar mamãe, o sr. Gianini e eu, e nos levar ao Plaza. Vai ficar bem claro pra todo mundo, quando minha mãe se recusar a entrar no carro, que não vai haver casamento algum.

Acho que vou ter que tomar as rédeas do destino nas minhas próprias mãos. Sei que o papai me garantiu que tudo está sob controle, mas estamos falando de Grandmère. GRANDMÈRE!

Durante a viagem para o centro da cidade, tentei arrancar alguma informação da Mãezinha — sabem, o que Grandmère e ela quiseram dizer com um "entendimento" entre ambas.

Mas ela não disse uma palavra... a não ser que ela e Paizinho estavam cansados demais, por causa dos passeios que andaram fazendo pela cidade — e também estavam preocupados com Hank, do qual ainda não haviam tido notícia —, para saírem para jantar esta noite, e iam ficar e pedir serviço de quarto.

O que é ótimo. Tenho absoluta certeza de que se tiver que escutar mais alguém pronunciar as palavras "ao ponto" sou capaz de vomitar.

# Mais Quinta-Feira, 30 de Outubro, Nove da Noite

Muito bem, o sr. Gianini já trouxe todas as tralhas pra cá. Eu já joguei nove partidas de totó. Cara, meus pulsos estão estourados.

Não é exatamente estranho ele vir morar aqui, porque ele vivia por aqui mesmo, antes. As únicas diferenças são a tevê gigante, a máquina de fliperama, a mesa de totó e a bateria no canto onde normalmente colocamos o busto metálico tamanho natural em metal folheado a ouro do Elvis.

Mas a coisa mais legal é a máquina de fliperama. Se chama Gangue dos Motoqueiros e tem um monte de desenhos bem realistas de Hell's Angels tatuados, vestidos com roupas de couro. Também tem as namoradas dos Hell's Angels — que não usam muita roupa — debruçadas, mostrando os seios enormes. Quando a gente acerta a bola, a máquina de fliperama faz um barulho de motor de moto acelerando bem alto.

Mamãe deu uma olhada nela e ficou ali, de pé, sacudindo a cabeça.

Eu sei que é misógina e machista, e tal, mas também é muito, muito irada.

O sr. Gianini me disse hoje que achava que seria legal eu chamá-lo de Frank dali por diante, considerando-se o fato de que somos praticamente parentes. Mas eu não consigo. Então o chamo de Ei. "Ei, pode me passar o queijo parmesão?" e "Ei, viu o controle remoto?"

Viram? Não preciso usar um nome. Esperteza a minha, não?

É claro que não está tudo um mar de rosas. Tem o pequeno fato de que amanhã supostamente vai haver um enorme casamento cheio de convidados ilustres e famosos que eu sei que não foi cancelado, e ao qual também sei que a minha mãe ainda não tem a menor intenção de comparecer.

Mas, quando eu lhe faço alguma pergunta sobre o assunto, em vez de perder o controle, ela só sorri de um jeito meio misterioso e diz: "Não esquenta, Mia."

Mas como é que eu posso deixar de me esquentar? A única coisa que está definitivamente fora de cogitação é a ida da mamãe e do sr. G ao cartório. Perguntei se eles ainda queriam que eu fosse de Empire State Building, achando que eu já devia estar providenciando a fantasia, e tal, e o olhar da mamãe simplesmente pareceu furtivo, enquanto ela me dizia: "Por que não deixamos para discutir isso depois?"

Eu era capaz de jurar que ela não queria tocar no assunto, então fechei o bico e resolvi ligar para a Lilly. Achei que já era hora de ela me explicar o que estava acontecendo.

Só que, quando telefonei para ela, a linha estava ocupada. Portanto, havia uma boa chance de a Lilly ou o Michael estarem navegando na Internet. Resolvi arriscar e enviei uma mensagem instantânea para a Lilly. Ela respondeu na hora.

FTLOUIE: Lilly, exatamente onde você e o Hank foram hoje, hein? E não me venha dizer que não estavam juntos.

PODEROSA: Não é da sua conta.

FTLOUIE: Bom, vamos dizer que, se quiser conservar o seu namorado, é melhor arranjar uma boa explicação.

PODEROSA: Eu tenho uma explicação excelente. Mas não acho que deva dá-la a você. Você iria direto contar à Beverly Bellerieve. Ah, e a vinte e dois milhões de espectadores.

FTLOUIE: Que injustiça! Olha só, Lilly, eu estou preocupada com você. Você não é de faltar à escola. E o livro sobre a sociedade da escola média? Talvez tenha perdido dados importantes para colocar nele.

PODEROSA: Ah, não diga! Aconteceu alguma coisa hoje digna de registro?

FTLOUIE: Bom, uns alunos mais adiantados se esgueiraram para dentro da sala dos professores e colocaram um feto de porco no frigobar.

PODEROSA: Caramba, não vou me perdoar por ter perdido essa, cara! Mais alguma coisa, Mia? Porque estou tentando pesquisar uma coisa na Internet neste exato momento.

Tem mais alguma coisa, sim. Então ela não sabe como é errado namorar dois caras ao mesmo tempo? Principalmente quando algumas não têm sequer *um* namorado? Não dava para ver como esse comportamento era egoísta e mesquinho?

Mas não respondi isso. Em vez dessas coisas, escrevi:

FTLOUIE: Bom, o Boris estava bem transtornado, Lilly. Sabe, ele está desconfiando de alguma coisa.

PODEROSA: Boris precisa aprender que numa relação afetiva é importante estabelecer vínculos de confiança. Aliás, você também não pode se esquecer disso, Mia.

Percebi, é claro, que a Lilly está falando da *nossa* relação — nossa amizade. Mas, se pensar bem, aplica-se a mais do que apenas Lilly e Boris, e Lilly e eu. Aplica-se a mim e ao meu pai, também. E a mim e à minha mãe. E a mim e... bom, todas as outras pessoas.

Será que esse, pensei, seria um momento profundo? Deveria pegar meu diário de Inglês?

Foi logo depois disso que recebi uma mensagem instantânea de outra pessoa. Do próprio Jo-C-rox!

JOCROX: E aí, vai ao *Rocky Horror* amanhã?

Ai, meu Deus, ai meu Deus, AI MEU DEUS!!!

Jo-C-rox vai ao *Rocky Horror* amanhã.

E o Michael também.

Na verdade, só há uma dedução lógica que se pode fazer a partir daí: Jo-C-rox é o Michael. Michael é o Jo-C-rox. TEM que ser. Simplesmente TEM que ser.

Certo?

Não sabia o que fazer. Quis pular do computador e correr pelo quarto e gritar e rir ao mesmo tempo.

Em vez disso — e não sei onde arranjei a presença de espírito para tanto — respondi:

FtLouie: Assim espero.

Não dá pra acreditar. Não dá mesmo pra acreditar. Michael é o Jo-C-rox.
Certo?
O que eu vou fazer agora? O que é que eu faço?

# Sexta-Feira, 31 de Outubro, Sala de Frequência

Acordei com um pressentimento estranho. Por alguns minutos, não deu para entender por quê. Fiquei ali na cama, escutando a chuva bater na vidraça. Fat Louie estava aos pés da cama, amassando o acolchoado e ronronando alto.

Aí me lembrei: Hoje, de acordo com minha avó, é o dia em que minha mãe grávida deve se casar com meu professor de álgebra em uma cerimônia pomposa no Plaza, com acompanhamento musical, oferecido por John Tesh.

Fiquei ali deitada um minuto, desejando que minha temperatura tivesse subido para 38,8 outra vez, para que eu não precisasse sair da cama e encarar o que certamente seria um dia de dramas e mágoas.

E aí me lembrei da minha mensagem da noite anterior, e pulei da cama na hora.

Michael é meu admirador secreto! Michael é Jo-C-rox!

E com alguma sorte, ao final da noite, ele terá me confessado isso, cara a cara!

# Sexta-Feira, 31 de Outubro, Álgebra

O sr. Gianini não está aqui hoje. No lugar dele, veio uma substituta, chamada sra. Krakowski.

É muito estranho o sr. G. não estar aqui, porque tenho certeza de que ele estava no *loft* hoje de manhã. Jogamos uma partida de totó antes de o Lars aparecer na limusine para me pegar. Até oferecemos ao sr. G uma carona para a escola, mas ele disse que ia mais tarde.

Bem mais tarde, ao que parece.

Muita gente faltou hoje, aliás. Michael, por exemplo, não pegou carona conosco esta manhã. Lilly diz que foi porque ele teve problemas de última hora para imprimir um trabalho que precisa entregar hoje.

Só que me pergunto se não seria porque ele está morrendo de medo de me encarar depois de admitir que é o Jo-C-rox.

Ora, ele não admitiu, pra valer. Mas admitiu, mais ou menos.

Não admitiu?

O sr. Howell é três vezes mais velho que Gilligan. A diferença entre as idades deles é 48. Quais as idades do sr. Howell e de Gilligan?

$T$ = Gilligan
$3T$ = sr. Howell

$3T - T = 48$
$2T = 48$
$T = 24$

Ai, sr. G, CADÊ VOCÊ?

## Sexta-Feira, 31 de Outubro, S & T

Muito bem.

Eu nunca subestimarei Lilly Moscovitz outra vez. Nem vou desconfiar de ela ter outros motivos que não os mais altruístas possíveis. Isso eu, por este instrumento, juro solenemente.

Foi na hora do almoço que ocorreu o evento.

Estávamos todos lá — eu, meu guarda-costas, Tina Hakim Baba e o guarda-costas dela, Lilly, Boris, Shameeka e Ling Su. Michael, é claro, senta-se com os colegas do Clube do Computador, portanto não estava com a gente, mas todos os outros personagens importantes estavam.

Shameeka estava lendo em voz alta para nós algumas das brochuras que o pai tinha recebido das escolas para meninas em New Hampshire. Cada uma deixava a Shameeka mais apavorada, e me deixava mais envergonhada, por ter aberto minha boca enorme, antes de qualquer coisa.

De repente, uma sombra projetou-se sobre nossa mesinha.

Olhamos para cima.

Vimos uma aparição de estatura tão divina que, por um minuto, acho que até Lilly acreditou que o Messias há tanto tempo esperado pelo povo dela havia finalmente aparecido.

Acontece que era só o Hank — mas o Hank com um visual que eu certamente nunca tinha visto antes. Estava com um suéter de caxemira preta, sob uma jaqueta colante de couro preto, e calça jeans preta que parecia nunca ter fim, cobrindo-lhe as longas e esguias pernas. Exibia um corte e um penteado muito maneiros nos cabelos dourados, e — juro por Deus — estava tão parecido com o Keanu Reeves em *Matrix*, que eu teria acreditado que ele tinha fugido do set de filmagem, se não fosse pelo fato de os pés dele estarem calçados com as botas de caubói. Botas pretas, com jeito de caras, mas botas de vaqueiro, mesmo assim.

Acho que não foi imaginação minha o murmúrio que ouvi de todo o povo da lanchonete, quando o Hank sentou-se à nossa mesa — a mesa dos rejeitados, como já a ouvi chamarem muitas vezes.

"Oi, Mia", disse Hank.

Olhei-o espantada. Não eram apenas as roupas. Havia algo... diferente nele. A voz parecia mais grossa, de alguma forma. E o cheiro dele... estava delicioso.

"E aí", perguntou Lilly a ele, enquanto tirava um pouco do recheio de sorvete do seu Ring Ding com a colher. "Como é que foi?"

"Ora", disse Hank, na mesma voz profunda. "Está olhando para o mais novo modelo de cuecas da Calvin Klein."

Lilly lambeu o recheio do dedo. "Hummm", disse ela, com a boca cheia. "Se deu bem, hein?"

"Devo tudo a você, Lilly", disse Hank. "Se não fosse você, eles jamais teriam me contratado."

Aí caiu a ficha. O motivo pelo qual Hank parecia tão diferente é que aquele jeito de falar arrastado de Indiana tinha sumido!

"Peraí, Hank", disse Lilly. "Nós já conversamos sobre isso. É sua habilidade natural que te fez chegar onde chegou. Eu só te dei um empurrãozinho, umas dicas."

Quando o Hank virou para mim, vi que os olhos azul-celeste dele estavam úmidos. "Sua amiga Lilly", disse ele, "fez por mim uma coisa que ninguém jamais fez na minha vida."

Lancei um olhar acusador sobre Lilly.

Eu sabia. *Sabia* que eles tinham transado.

Mas então o Hank disse: "Ela confiou em mim, Mia. Acreditou em mim o suficiente para me ajudar a realizar o meu sonho... um sonho que eu tinha desde que era garotinho. Um monte de gente — inclusive meus próprios Mãezinha e Paizinho — quero dizer, meus avós — me disse que era ilusão. Aconselharam-me a desistir, disseram que jamais aconteceria. Mas quando contei meu sonho à Lilly, ela estendeu a mão" — Hank estendeu a mão para mostrar e todos nós — eu, Lars, Tina, o guarda-costas da Tina, o Wahim, a Shameeka e a Ling Su — olhamos para aquela mão, cujas unhas haviam sido impecavelmente feitas — "e disse, venha comigo, Hank. Vou te ajudar a realizar seu sonho."

Hank abaixou a mão. "E sabem do que mais?"

Todos nós, menos a Lilly, que continuou comendo, estávamos tão apalermados que só conseguimos ficar parados olhando.

Hank não esperou a resposta. Disse: "Aconteceu. Aconteceu hoje. Meu sonho se realizou. Fui contratado pela Ford. Sou o mais novo modelo deles."

Todos piscamos para ele.

"E devo tudo", disse Hank, "a essa mulher aqui."

Então aconteceu uma coisa realmente chocante. Hank se ergueu de sua cadeira, foi até onde a Lilly estava sentada, terminando inocentemente seu Ring Ding, sem suspeitar de coisa nenhuma, e puxou-a, colocando-a de pé.

Depois, diante de todos na lanchonete — inclusive, eu notei, a Lana Weinberger e suas seguidoras inseparáveis, na mesa das animadoras de torcida —, meu primo Hank tascou um beijo tão forte na Lilly Moscovitz, que eu pensei que fosse sugar todo aquele Ring Ding para fora outra vez.

Quando terminou de beijá-la, Hank a soltou. E a Lilly, com cara de quem tinha acabado de levar um choque elétrico, lentamente voltou a sentar-se cadeira. Hank ajeitou as lapelas do casaco de couro e voltou-se para mim.

"Mia", disse ele. "Diga à Mãezinha e ao Paizinho que vão ter que encontrar alguém para o meu lugar na loja de ferragens. Eu de jeito maneira — quer dizer, de jeito nenhum — vou voltar para Versailles. Nunca mais."

E, depois dessa, saiu a passos largos da nossa lanchonete, como um caubói afastando-se de um duelo que acabou de vencer.

Ou creio que deveria dizer *começou* a sair da lanchonete. Infelizmente, para o Hank, não conseguiu sair na velocidade necessária.

Porque uma das pessoas que estavam observando o beijo empolgado que o Hank tinha tascado na Lilly era nada mais nada menos que o Boris Pelkowski.

E foi o Boris Pelkowski — o Boris Pelkowski, com seu aparelho ortodôntico e o suéter enfiado nas calças — que ficou de pé e disse: "Espera aí, gostosão."

Não sei se ele tinha acabado de assistir a *Top Gun*, ou o que, mas aquele *gostosão* saiu bem ameaçador, considerando-se o sotaque do Boris e tudo.

Hank continuou andando. Eu não sei se ele não tinha ouvido o Boris, ou se não estava a fim de deixar algum gênio violinista estragar sua saída triunfal.

Aí o Boris fez uma coisa completamente imprudente. Correu e agarrou o Hank pelo braço, enquanto ele andava, dizendo: "Foi na *minha* garota que você deu aquele beijo indecente, gracinha."

Juro que não estou brincando. Foram essas as palavras que ele usou, literalmente. Ah, como meu coração se encheu de emoção ao ouvi-las! Se ao menos algum cara (tá legal, o Michael) dissesse uma coisa dessas sobre mim... Não que eu era a garota mais Josie que ele já havia conhecido, mas a *sua* garota. Boris havia se referido mesmo à Lilly como *sua* garota! Nenhum rapaz jamais tinha se referido a mim como *sua* garota. Ah, eu sei tudo sobre feminismo e como as mulheres não são propriedade de ninguém e que é machista à beça reivindicá-las como tal. Mas ai! Quisera eu que alguém (tá legal, o Michael) dissesse que eu era *sua* garota!

E o Hank só fez: "Hã?"

E aí, sem aviso, o punho do Boris voou na direção da cara do Hank. *Pou!*

Só que o barulho que ouvimos não foi esse. Pareceu mais um estalo. Ouviu-se um barulho horrível de ossos se quebrando. Todas as moças ficaram preocupadas, achando que o Boris tinha estragado o rosto perfeito de capa de revista do Hank.

Mas não precisávamos ter nos preocupado: foi da mão do Boris que saiu o som de ossos se quebrando, não do rosto de Hank. Hank escapou ileso. Boris é que arrebentou as articulações dos dedos.

E sabem o que isso significa:
Estamos livres do Mahler.
Vivaaa!!!
Não é nada principesco da minha parte, porém, regozijar-me com o infortúnio dos outros.

# Sexta-Feira, 31 de Outubro, Francês

Pedi emprestado o telefone celular do Lars e liguei para o SoHo Grand entre o almoço e o quinto tempo. Quero dizer, achei que alguém devia contar à Mãezinha e ao Paizinho que o Hank estava bem. Bom, tinha virado modelo da Ford, mas estava vivo, pelo menos.

Mãezinha devia estar sentada ao lado do telefone, porque o atendeu na primeira vez que tocou.

"Clarisse?", disse ela. "Ainda não tive notícia deles."

Esquisito. Porque Clarisse é o nome de Grandmère.

"Mãezinha?", disse eu. "Sou eu, a Mia."

"Ai, Mia, minha filha", Mãezinha riu um pouco. "Desculpe, querida. Pensei que você fosse a princesa. Quero dizer, a princesa viúva. Sua outra avó."

Respondi: "Ah, sei. Bom, não sou. Sou eu. E estou ligando para a senhora só para lhe dizer que tive notícias do Hank."

Mãezinha deu um grito tão alto, que tive que afastar o celular do meu ouvido.

"ONDE ELE ESTÁ?", berrou. "DIGA A ELE QUE MANDEI DIZER QUE, QUANDO EU PUSER MINHAS MÃOS NELE, ELE VAI..."

"Mãezinha", gritei. Foi meio constrangedor, porque todo tipo de gente no corredor escutou-a gritando e olhou para mim. Tentei ficar invisível me escondendo atrás do Lars.

"Mãezinha", expliquei, "Ele assinou contrato com a Ford Models. Agora é o mais novo modelo das cuecas Calvin Klein. Vai ficar muito famoso, como..."

"CUECAS?", berrou Mãezinha. "Mia, diga àquele garoto para me ligar AGORA MESMO."

"Bom, não dá pra fazer isso, Mãezinha", disse eu, "porque..."

"AGORA MESMO", repetiu Mãezinha, "senão ele vai VER O QUE É BOM PRA TOSSE!"

"Hummm", disse eu. A campainha já tinha tocado mesmo. "Tá legal, Mãezinha. Hã, ainda está tudo em cima para... hã, o casamento?"

"Para o QUÊ?"

"O casamento", disse eu, desejando que pudesse, só uma vez, ser uma garota normal que não tivesse que ficar perguntando às pessoas se o casamento real de sua mãe grávida e do seu professor de álgebra ainda ia acontecer.

"Bom, sim, é claro que sim", disse Mãezinha. "O que acha?"

"Ah", disse eu. "A senhora... hum, falou com a minha mãe?"

"Claro que falei", disse Mãezinha. "Está tudo combinado."

"Não brinca." Fiquei estupefata. Não podia imaginar minha mãe embarcando naquela história. Nem em um milhão de anos. "E ela disse que vai, é?"

"Bom, é claro que vai", disse Mãezinha. "É o casamento dela, não é?"

Cara... eu estou besta. Mas não disse isso à Mãezinha. "Tudo bem." E depois desliguei, me sentindo arrasada.

Por motivos totalmente egoístas, também, devo confessar. Estava um pouco triste pela minha mãe, acho, porque ela realmente tinha tentado se opor à Grandmère. Quero dizer, ela tinha tentado mesmo. Não era culpa dela, é claro, que estivesse enfrentando uma força tão inexorável.

Mas me sentia triste principalmente por mim mesma. Eu *JAMAIS* escapuliria a tempo para o *Rocky Horror*. Nunca, nunca, *nunca*. Quero dizer, sei que o filme só começa à meia-noite, mas as recepções de casamento vão muito além disso.

E quem sabe quando o Michael vai me convidar de novo? Quero dizer, ele não admitiu uma só vez hoje que ele é, de fato, o Jo-C-rox, nem mencionou o *Rocky Horror*. Nem uma vezinha. Nem mesmo referindo-se à Rachael Leigh Cook.

E conversamos muito durante S & T. MUITO MESMO. Isso porque alguns de nós que tínhamos visto o episódio de rompimento com os convencionalismos do *Lilly Tells It Like It Is* ficamos compreensivelmente confusos por Lilly ter ajudado o Hank a realizar seu sonho de se tornar supermodelo. O segmento era intitulado "Sim, Você como Indivíduo Pode Acabar com a Indústria de Modelos Racista e Cheia de Preconceitos de Idade e Tamanho" ("criticando propagandas que aviltam a mulher e limitam nossas ideias de beleza" e "encontrando formas de divulgar seu protesto junto às empresas anunciantes" e "dizendo aos meios de comunicação que você quer ver imagens mais variadas e realistas das mulheres'. Além disso, a Lilly nos incentivou a "fazer oposição a homens que julguem, escolham e descartem mulheres com base na aparência delas.)"

Rolou o seguinte papo durante Superdotados e Talentosos (a Sra. Hill voltou à sala dos professores — permanentemente, espero), incluindo Michael Moscovitz, que, como verão, não mencionou NEM UMA VEZ Jo-C-rox, nem o *Rocky Horror*.

Eu: Lilly, eu pensei que achasse a indústria de modelos como um todo machista e racista e aviltadora da raça humana.
Lilly: Ah, é? Onde está querendo chegar?
Eu: Bom, de acordo com o Hank, você o ajudou a realizar seu sonho de se tornar um você-sabe-o-quê. Um modelo.
Lilly: Mia, quando eu reconheço uma alma humana que clama por autoconsciência, não consigo evitar. Sou obrigada a fazer o que posso para garantir que o sonho dessa pessoa se realize.

[Pô, eu não notei a Lilly fazendo tanta coisa assim para realizar meu sonho de receber um beijo de língua do irmão dela. Mas, por outro lado, também não lhe confessei esse sonho.]

Eu: Hã, Lilly, eu não tinha percebido que você tinha contatos na indústria de modelos.
Lilly: E não tenho. Eu só ensinei ao seu primo como usar da forma mais eficaz possível os talentos que Deus lhe deu. Algumas aulinhas simples sobre elocução e moda, e ele já conseguiu assinar aquele contrato com a Ford.
Eu: Bom, e por que tinham que manter tudo em segredo?
Lilly: Faz ideia de como o ego masculino é frágil?

[Aí o Michael entrou na dança.]

Michael: Epa, peraí!

Lilly: Desculpe, mas é a pura verdade. A autoestima do Hank já havia sido reduzida a pó graças à Amber, a rainha do Milho do Condado de Versailles. Eu não podia permitir que nenhum comentário negativo arruinasse o restinho de autoconfiança que restava nele. Sabe como os garotos podem ser fatalistas.

Michael: Epa, peraí!

Lilly: Era vital que o Hank pudesse perseguir seu sonho sem a menor influência fatalista. Senão, eu sabia, ele não teria a menor chance. E aí escondi nosso plano até dos meus entes mais queridos. Qualquer um de vocês, sem querer, podia ter detonado as chances do Hank com o mais casual dos comentários.

Eu: Ah, fala sério. Nós teríamos apoiado vocês.

Lilly: Mia, pensa bem. Se o Hank te dissesse: "Mia, quero ser modelo", o que você teria feito? Fala sério. Você teria rido na cara dele.

Eu: Não teria, não.

Lilly: Teria, sim. Porque, para você, o Hank é seu primo reclamão e com tendência à alergia lá da roça que nem sabe o que é um *bagel*. Mas eu, sabe, fui capaz de ver além disso, de ver o homem que Hank tinha potencial para se tornar...

Michael: É, um homem destinado a ter seu próprio calendário de fotos eróticas.

Lilly: Você, Michael, está só com ciúme.

Michael: Ah, sim. Eu sempre quis uma enorme foto minha de cuecas pendurada em plena Times Square.

[Na verdade, acho que eu realmente gostaria de ver uma coisa assim, mas era ironia do Michael, é claro.]

Michael: Sabe, Lil, eu duvido muito que a mamãe e o papai fiquem impressionados com esse seu incrível ato de caridade a ponto de não darem importância ao fato de que você matou aula para concretizá-lo. Principalmente quando descobrirem que pegou detenção na semana que vem por causa disso.

Lilly: (com cara de resignada) Os mais altruístas são sempre os martirizados.

E pronto. Foi só isso que ele me disse, o dia inteiro. O DIA INTEIRO.

Lembrete para mim mesma: procurar a palavra altruísta.

## POSSÍVEIS MOTIVOS PELOS QUAIS O MICHAEL NÃO ADMITE QUE É O JO-C-ROX

1. Ele é mesmo tímido demais para revelar seus verdadeiros sentimentos por mim.
2. Ele acha que não sinto o mesmo por ele.
3. Ele mudou de ideia e não gosta de mim, afinal.
4. Ele não quer ter que suportar o estigma social de namorar uma caloura e está só esperando até o segundo ano antes de me convidar para sair (só que aí ele vai ser calouro na faculdade e não vai querer aturar o estigma social de sair com uma garota da escola).

5. Ele não é o Jo-C-rox, e estou obcecada com uma coisa escrita pelo cara da lanchonete que não gosta de milho.

**DEVER DE CASA**

Álgebra: Não tem (o Sr. G está ausente!)
Inglês: terminar o Dia da Minha Vida! E também o Momento Profundo!
Civilizações Mundiais: ler e analisar um matéria de atualidades do *Sunday Times* (no mínimo 200 palavras)
S&T: Não esquecer do dólar!
Francês: página 120, huit frases (ex. A)
Biologia: perguntas no final do capítulo 12 — pegar as respostas com o Kenny!

## DIÁRIO DE INGLÊS

*Um Dia na Minha Vida*
por Mia Thermopolis
(Resolvi escrever sobre uma noite, em vez de um dia.
Tudo bem, sra. Spears?)

SEXTA-FEIRA, 31 DE OUTUBRO

15:16 — Chego ao nosso *loft* do SoHo com o guarda-costas (Lars). Encontro-o ostensivamente vazio. Deduzo que mamãe provavelmente está tirando uma soneca (o que anda fazendo com frequência ultimamente).

15:18 — 15:45 — Jogo totó com o guarda-costas. Venço três de doze partidas. Resolvo que preciso começar a praticar totó no meu tempo livre.

15:50 — Curioso como o jogo barulhento de totó — sem mencionar uma máquina de fliperama incrivelmente barulhenta — não despertou a mamãe da soneca. Bato de leve na porta do quarto. Fico ali na esperança de que a porta não se abra e revele a visão da mamãe na cama com o professor de álgebra.

15:51 — Bato com mais força. Deduzo que talvez não consigam me ouvir devido a uma movimentada sessão de sexo. Sinceramente espero não ser testemunha de nenhuma cena de nudez sem querer.

15:52 — Depois de não obter nenhuma resposta a minhas batidas, entro no quarto da minha mãe. Não há ninguém lá! Uma olhada no banheiro da mamãe revela que coisas fundamentais como rímel, batom e frasco de tabletes de ácido fólico sumiram do armário de remédios. Começo a suspeitar que tem alguma coisa no ar.

15:55 — O telefone toca. Eu atendo. É o meu pai. Segue-se a seguinte conversa:

Eu: Papai? Mamãe sumiu. E o sr. Gianini também. E ele nem foi à escola hoje.

Pai: Ainda está chamando o homem de sr. Gianini mesmo depois de ele se mudar para a sua casa?

Eu: Papai. Aonde eles foram?

Pai: Não esquenta com isso.

Eu: Aquela mulher leva minha última chance de ter um irmãozinho. Como posso não me preocupar com ela?

Pai: Tudo está sob controle.

Eu: Como é que vou acreditar nisso?

Pai: Porque eu disse que está.

Eu: Pai, eu acho que devia saber, tenho sérias restrições quanto a depositar minha confiança em você.

Pai: Por quê?

Eu: Bem, em parte pode ser pelo fato de que até um mês atrás você tinha mentido para mim a minha vida inteira sobre quem você é e o que faz.

Pai. Ah, bom.

Eu: Então me responda logo: CADÊ A MINHA MÃE?

Pai: Ela deixou uma carta para você. Só posso te entregar às oito.

Eu: Pai, o casamento deve começar às oito.

Pai: Estou sabendo.

Eu: Pai, não pode fazer isso comigo. O que eu vou dizer a...

Voz: Phillipe, tudo bem aí?

Eu: Quem é? Quem é essa, papai? É a Beverly Bellerieve?

Pai: Vou ter que desligar, Mia.

Eu: Pai, não, espera...

CLIQUE

16:00 — 16:15 — Reviro o apartamento, procurando pistas do lugar para onde minha mãe pode ter ido. Não encontro nada.

16:20 — O telefone toca. A avó paterna está na linha. Quer saber se a mamãe e eu estamos prontas para ir ao salão para nos embelezar. Informo a ela que a mamãe já saiu (bom, é verdade, não?). Vovó fica com a pulga atrás da orelha. Informo a ela que se tiver alguma pergunta a fazer, pergunte ao filho dela, meu pai. Vovó diz que certamente fará isso. Também diz que a limusine virá me pegar às cinco.

17:00 — A limusine chega. O guarda-costas e eu entramos. Dentro dela está a avó paterna (doravante chamada de Grandmère) e a avó materna (doravante chamada de Mãezinha). Mãezinha está muito alvoroçada com o evento nupcial que se aproxima — embora o alvoroço esteja meio amenizado pela deserção do filho para virar supermodelo. Grandmère, por outro lado, está misteriosamente calma. Diz que o filho (meu pai) informou a ela que a noiva resolveu fazer o penteado e a maquilagem por conta própria. Lembro da ausência dos tabletes de ácido fólico, mas não digo nada.

17:20 — Entramos no Chez Paolo.

18:45 — Saímos do Chez Paolo. Estou pasma de ver como o Paolo conseguiu mudar a aparência da Mãezinha só modificando o penteado. Ela não parece mais mãe de um filme do John Hughes, mas uma senhora distinta, sócia de algum clube refinado.

19:00 — Chegamos ao Plaza. O papai atribui a ausência da noiva a seu desejo de tirar uma soneca antes da cerimônia. Quando eu discretamente obrigo o Lars a ligar para casa no celular, porém, ninguém atende.

19:15 — Começa a chover outra vez. Mãezinha observa que chuva em dia de casamento dá azar. Grandmère diz que não, que são pérolas. Mãezinha diz, não, chuva. Primeiro sinal de divisão nas fileiras unidas das avós.

19:30 — Sou levada para um quartinho logo antes do Salão Branco e Dourado, onde me sento com as outras damas de honra (as supermodelos Gisele, Karmen Kass e Amber Valetta, que Grandmère contratou devido ao fato de minha mãe se recusar a fornecer sua própria lista de damas de honra). Coloco meu lindo vestido rosa e os sapatos combinando.

19:40 — Nenhuma das outras damas de honra quer falar comigo, a não ser para comentar como eu estou "uma gracinha". Todas só conseguem falar de uma festa à qual foram na noite passada, onde alguém vomitou nos sapatos da Claudia Schiffer.

19:45 — Os convidados começam a chegar. Não reconheço meu avô materno sem o boné de beisebol. Ele até que está bem esperto de *smoking*. Um pouco parecido com o Matt Damon mais velho.

19:48 — Martha Stewart está de pé perto da porta, batendo papo com o Donald Trump sobre os imóveis de Manhattan. Ela não consegue achar um edifício cujo condomínio a deixe manter em casa suas chinchilas de estimação.

19:50 — John Tesh cortou o cabelo. Quase não consigo reconhecê-lo. O corte parece-me ligeiramente afeminado. A rainha da Suécia lhe pergunta se ele é amigo da noiva ou do noivo. Ele diz do noivo, por algum motivo inexplicável, embora eu tenha visto pelos CDs do sr. Giannini que ele só tem Rolling Stones e umas coisinhas do The Who.

19:55 — Todos ficam em silêncio quando John Tesh senta-se ao piano de meia cauda. Rezo para a minha mãe estar em outro hemisfério e não ver nem ouvir isso.

20:00 — Todos aguardam ansiosos. Exijo que o meu pai, que veio ficar perto de mim e das supermodelos, me dê a carta da minha mãe. Papai finalmente a entrega.

20:01 — Leio a carta.

20:02 — Preciso me sentar.

20:05 — Grandmère e Vigo estão cochichando. Parecem ter percebido que nem a noiva nem o noivo apareceram.

20:07 — Amber Valetta diz aos sussurros que, se a cerimônia não começar, ela vai se atrasar para um jantar que tem marcado com o Hugh Grant.

20:10 — Cai um silêncio sobre os convidados quando meu pai, parecendo excessivamente principesco de *smoking* (apesar da careca), avança a largas passadas para a frente do Salão Brando e Dourado. John Tesh dá um tempo no piano.

20:11 — Meu pai faz o seguinte comunicado:

Pai: Quero agradecer a todos vocês por encaixarem este evento em sua agenda sempre tão cheia. Infelizmente o casamento entre Helen Thermopolis e Frank Gianini não acontecerá... pelo menos, não esta noite. O feliz casal nos passou uma rasteira, e hoje de manhã fugiu para Cancún, onde creio que planejam casar-se diante de um juiz de paz.

[Ouve-se um grito vindo do outro lado do piano. Acho que não foi o John Tesh, mas a Grandmère.]

Pai: Naturalmente estão convidados a se unir a nós no Grande Salão de Baile para o jantar. E, mais uma vez, obrigado por terem vindo.

[Papai sai solenemente. Os convidados, incrédulos, reúnem seus pertences e saem à cata de coquetéis. Não se escuta um som sequer atrás do piano de meia cauda.]

Eu (para ninguém em particular): México! Devem ter ficado malucos. Se minha mãe beber aquela água, meu futuro irmão ou minha futura irmã vai nascer com nadadeiras em vez de pés!

Amber: Não se preocupe, minha amiga Heather ficou grávida no México e bebeu aquela água, e só deu à luz gêmeos.

Eu: E eles tinham barbatanas nas costas, não tinham?

20:20 — John Tesh começa a tocar. Pelo menos até Grandmère berrar: "Ai, pelo amor de Deus, chega!"

Teor da carta da mamãe:

*Querida Mia,*

*Quando estiver lendo isso, Frank e eu já vamos estar casados. Desculpe-me por não poder ter lhe contado antes, mas, quando sua avó lhe perguntar se sabe de alguma coisa (e ela vai lhe perguntar), quero que você possa responder que não sabe sem ter que mentir, para que não exista nenhum ressentimento entre as duas.*

[Ressentimentos entre Grandmère e eu? Quem ela pensa que está iludindo? Só há ressentimentos entre nós!
Bom, pelo menos, que eu saiba.]

*Mais do que qualquer outra coisa, Frank e eu queríamos que você estivesse presente no nosso casamento. Então decidimos que, quando voltarmos, vamos fazer outra cerimônia: essa vai ser estritamente secreta e muito íntima, só nossa pequena família e nossos amigos!*

[Bom, isso vai ser bem interessante, na certa. A maioria dos amigos da minha mãe é composta de militantes feministas ou artistas performáticos. Uma delas gosta de se apresentar pelada num palco e derramar calda de chocolate no corpo inteiro enquanto declama poemas.
Imagino como vão se dar com os amigos do sr. G, que aparentemente gostam um bocado de assistir a transmissões esportivas.]

*Você vem sendo uma fortaleza em meio a toda essa loucura, Mia, e quero que saiba o quanto eu — bem como seu pai e o seu padrasto — lhe somos gratos por isso. Você é a melhor filha que uma mãe poderia ter, e esse garotinho (ou essa garotinha) é o bebê mais sortudo do mundo por ter você como irmã mais velha.*

*Já com saudades,
Mamãe*

# Sexta-Feira, 31 de Outubro, Nove da Noite

Estou chocada. Juro que estou.

Não porque mamãe e o meu professor de álgebra fugiram para casar. Isso é até bem romântico, se querem saber o que acho.

Não, é porque meu pai — *meu pai* — os ajudou a fazer isso. Ele chegou a enfrentar a mãe dele. E PRA VALER.

Aliás, por causa de tudo isso, estou começando a achar que meu pai não tem tanto medo assim de Grandmère! Acho que ele só não gosta de se aborrecer. Imagino que ele simplesmente ache mais fácil concordar com ela do que contrariá-la, porque contrariá-la é mesmo um transtorno.

Mas não desta vez. Desta vez, ele bateu o pé mesmo.

E pode apostar que ele vai pagar por isso, ora se vai.

Talvez eu nunca mais me recupere. Vou ter que rever tudo que já pensei a respeito dele. Mais ou menos como quando o Luke Skywalker descobriu que o pai verdadeiro dele era o Darth Vader, só que ao contrário.

De qualquer forma, quando Grandmère estava choramingando atrás do piano, cheguei para o papai e o abracei, dizendo: "Você conseguiu!"

Ele me olhou de um jeito curioso: "Por que está parecendo surpresa?"

Epa. Então eu disse, completamente envergonhada: "Ah, bom, você sabe por quê."

"Não sei, não."

"Bom", disse eu. (POR QUÊ? POR QUE eu tenho essa boca assim tão grande?)

Pensei em mentir. Mas acho que meu pai deve ter adivinhado o que eu estava pensando, porque disse naquele seu tom de advertência: "*Mia...*"

"Ah, tá legal", disse eu, meio de má vontade, soltando-o. "Sabe, é que algumas vezes você me dá a impressão — só a impressão, veja bem — de ter um pouquinho de medo de Grandmère."

Meu pai estendeu um braço e passou-o ao redor do meu pescoço. Fez isso bem na frente de Liz Smith, que estava se levantando para seguir os outros ao Grande Salão de Baile. Mas ela sorriu para nós como se achasse aquilo uma coisa muito fofa.

"Mia", disse meu pai. "Não tenho medo da minha mãe. Ela não é tão ruim quanto pensa. Só é preciso saber como lidar com ela."

Aquilo para mim era novidade.

"Além do mais", disse meu pai, "acha mesmo que eu te decepcionaria? Ou deixaria sua mãe na mão? Eu sempre vou estar ao lado de vocês duas."

Aquilo foi tão legal, que fiquei com lágrimas nos olhos por um minuto. Mas talvez fosse a fumaça de todos aqueles cigarros. Tinha gente francesa pra burro naquela festa.

"Mia, não tenho te dado uma impressão assim tão ruim, tenho?", perguntou meu pai, de repente.

Fiquei surpresa diante daquela pergunta.

"Não, pai, claro que não. Vocês sempre foram pais muito legais."

Meu pai concordou com a cabeça.

"Entendo."

Logo vi que não tinha sido gentil o suficiente, então acrescentei: "Não, estou falando sério. Eu realmente não podia ter coisa melhor..." Não resisti a acrescentar: "Só que eu, provavelmente, preferiria viver sem essa história de ser princesa."

Ele deu a impressão de que teria estendido o braço e acariciado meus cabelos, se não estivessem tão melados de musse que a mão teria ficado grudada neles.

"Desculpe por isso", disse. "Mas acha mesmo que seria feliz, Mia, sendo uma Fulana Adolescente Normal qualquer?"

Hã... sim.

Mas não ia querer me chamar Fulana.

Talvez pudéssemos ter tido um momento realmente profundo sobre o qual eu pudesse escrever no meu diário de inglês se Vigo não tivesse aparecido justamente naquela hora. Ele parecia arrasado. E por que não estaria? O casamento dele estava se revelando uma catástrofe! Primeiro, a noiva e o noivo não aparecem, e agora a anfitriã, a princesa viúva, havia se trancado na suíte do hotel, e não queria sair.

"Como assim, não sai?", indagou meu pai.

"Isso mesmo que eu disse, alteza." Vigo parecia estar à beira das lágrimas. "Nunca a vi tão furiosa! Ela diz que foi traída por sua própria família, e jamais vai poder mostrar a cara em público outra vez, de tão grande que foi o vexame."

Meu pai pareceu encantado.

"Vamos", disse ele.

Quando chegamos à porta da suíte de cobertura, meu pai fez um gesto para que Vigo e eu ficássemos calados. Depois bateu à porta.

"Mãe", chamou. "Mãe, é o Phillipe. Posso entrar?"

Nada. Mas eu era capaz de jurar que ela estava lá dentro. Dava para ouvir o Rommel gemendo baixinho.

"Mãe", disse o papai. Tentou girar a maçaneta da porta, e viu que estava trancada. Isso fez com que ele desse um suspiro bem profundo.

Ora, dava para entender por quê. Ele já tinha passado a maior parte do dia pondo de lado todos os planos bem traçados dela. Isso já tinha sido desgastante. E agora essa, ainda por cima?

"Mãe", disse ele. "Quero que abra essa porta."

Ainda nada.

"Mãe", disse meu pai. "Chega dessa bobagem. Quero que abra essa porta neste exato momento. Se não abrir, vou pedir ao gerente que mande abri-la. Está tentando me obrigar a recorrer a isso? Está?"

Eu sabia que Grandmère preferiria deixar-nos vê-la sem maquiagem do que permitir que um empregado do hotel tomasse conhecimento de nossos desentendimentos em família, então pousei a mão no braço do meu pai e sussurrei: "Papai, deixe-me tentar."

Meu pai deu de ombros e recuou, com uma cara de quem diz: "se acha que pode fazer alguma coisa".

Chamei-a, dizendo: "Grandmère? Grandmère, sou eu, a Mia."

Não sei o que esperava. Certamente não que ela abrisse a porta. Quero dizer, se ela não queria abrir nem para o Vigo, que parecia amar de paixão, nem para o seu próprio filho, que, se não amava de paixão, pelo menos era o seu único, por que abriria para mim?

Mas só o silêncio respondeu atrás daquela porta. Salvo pelo ganido do Rommel, claro.

Mas me recusei a me dar por vencida. Elevei o tom de voz e disse: "Mil desculpas pelo comportamento da minha mãe e do Sr. Gianini, Grandmère. Mas precisa admitir que te avisei que ela não queria esse casamento. Lembra-se? Eu lhe disse que ela queria uma cerimônia íntima. Talvez tenha percebido isso pelo fato de que não há uma única pessoa aqui que tenha sido convidada pela minha mãe. São todos seus amigos. A não ser a Mãezinha e o Paizinho, quero dizer. E os pais do sr. G. Mas corta essa. Minha mãe não conhece a Imelda Marcos, né? E a Barbara Bush, então? Tenho certeza de que ela é muito legal, mas não é uma das amigas mais chegadas da mamãe."

Ela continuava calada.

"Grandmère", gritei pela porta. "Olha só, eu estou mesmo surpresa com você. Pensei que ensinasse sempre que uma princesa tem que ser forte. Pensei que tivesse dito que uma princesa, diante de qualquer tipo de adversidade, precisa fazer cara de forte e não se esconder atrás de sua riqueza nem de seus privilégios. Bom, não é exatamente isso o que está fazendo agora? Não devia estar lá embaixo agora, fingindo que foi exatamente assim que planejava que tudo acontecesse, e fazendo um brinde ao feliz casal ausente?"

Pulei para trás quando a maçaneta do quarto da minha avó começou a girar lentamente. Um segundo depois, Grandmère saiu, uma visão trajada de veludo roxo e uma tiara de diamantes.

Depois disse, com uma tremenda dignidade: "É claro que pretendia voltar para a festa. Só subi para retocar o batom."

Meu pai e eu nos entreolhamos.

"Claro, Grandmère", disse eu. "Se é o que diz."

"Uma princesa", disse Grandmère, fechando a porta da suíte atrás de si, "nunca deixa os convidados se virarem sozinhos."

"Falou", disse eu.

"Então, o que vocês dois estão fazendo aqui?", reclamou Grandmère, fuzilando-nos com o olhar.

"Estávamos, hã, só querendo saber como você estava", expliquei.

"Estou vendo." Então Grandmère fez uma coisa surpreendente. Me deu o braço. E depois, sem olhar para o meu pai, disse: "Venha comigo."

Vi meu pai revirar os olhos diante daquela situação.

"Só um instante, Grandmère", disse eu.

Então dei o braço ao meu pai, de forma que nós três ficamos ali de pé no corredor, unidos por... bem, por mim.

Grandmère só fez um barulho com o nariz, sem dizer mais nada. Mas papai sorriu.

E sabem do que mais? Não sei não, mas acho que talvez esse tenha sido um momento profundo para todos nós.

Bom, tá legal. Pelo menos para *mim* foi.

# Sábado, 1º de novembro, Duas da Tarde

A noite não foi um desastre total.

Um bom número de pessoas parecia estar se divertindo. Hank, por exemplo. Ele acabou aparecendo bem a tempo para o jantar — sempre foi bom nisso — absolutamente divino em um *smoking* Armani.

Mãezinha e Paizinho ficaram maravilhados ao vê-lo. A sra. Gianini, a mãe do sr. Gianini, ficou impressionada com ele também. Devem ter sido os bons modos dele. Ele não tinha esquecido nenhuma das lições de elocução da Lilly, e só mencionou sua predileção por "atravessar um lamaçal num jipe" nos fins de semana uma vez. E depois, quando o baile começou, ele convidou Grandmère para a segunda valsa — papai ficou com a primeira — consolidando na mente dela para sempre a ideia de que ele era o consorte real ideal para mim.

Graças a Deus, em 1907, proibiram os casamentos entre primos em primeiro grau em Genovia.

Porém as pessoas mais felizes com as quais conversei a noite inteira não estavam ali na festa. Não, por volta das dez, o Lars me entregou o celular dele, e quando eu disse: "Alô?" perguntando-me quem seria, a voz da minha mãe, soando muito distante e falhada, respondeu: "Mia?"

Eu não quis dizer a palavra "mamãe" muito alto, porque sabia que Grandmère estava rond ndo por ali. E nã acho provável que Grandmère vá perdoar meus pais tão cedo pelo bolo que levou deles. Eu me abaixei atrás de uma coluna e murmurei: "Ei, mamãe! O sr. Gianini já conseguiu fazer de você uma mulher honesta, foi?"

Bom, parece que já tinha conseguido, sim. Já estavam casados (um pouco tarde, se querem saber, mas, peraí, pelo menos a criança não vai nascer com o estigma da ilegitimidade que eu tive que suportar a vida inteira). Eram apenas seis e pouco da matina onde eles estavam, e os dois curtiam uma praia em algum lugar tomando *piña colada* (a original). Fiz minha mãe prometer que não ia beber mais nenhuma, porque não se pode confiar no gelo desses lugares.

"Podem existir parasitas no gelo, mamãe", informei a ela. "Tem umas minhoquinhas que vivem nos glaciares da Antártida, sabe, estudamos elas em biologia. Elas existem há milhares de anos. Então, mesmo que a água esteja congelada, a gente ainda corre o risco de pegar uma doença. Você só deve aceitar gelo feito de água engarrafada. Ei, por que não chama o sr. Gianini ao telefone, que vou dizer a ele exatamente o que precisa fazer..."

Mamãe me interrompeu.

"Mia", disse. "Como eles...", pigarreou. "Como a minha mãe reagiu?"

"Mãezinha?" Olhei na direção da Mãezinha. A verdade era que a Mãezinha estava se divertindo à beça. Estava adorando viver o papel de mãe da noiva. Até ali, já tinha dançado com o príncipe Albert, que estava representando a família real de Mônaco, e o príncipe Andrew, que não parecia estar sentindo falta nenhuma da Fergie, se querem saber...

"Humm", disse eu. "A Mãezinha... tá fula da vida com você!"

"É mesmo, Mia?", indagou ela, contendo a respiração.

"Hã-hã", disse eu, olhando o Paizinho girar a Mãezinha praticamente para dentro do chafariz de champanhe. "Provavelmente nunca mais tornarão a lhe dirigir a palavra."

"Ah", disse mamãe, toda satisfeita. "Não é uma pena?"

Às vezes minha capacidade natural de mentir acaba sendo útil.

Mas, infelizmente, justo nessa hora a ligação caiu. Bem, pelo menos a mamãe tinha ouvido meu aviso sobre a contaminação do gelo antes de perdermos o contato uma com a outra.

Quanto a mim, bem, posso dizer que me diverti à beça — quero dizer, a única pessoa que tinha quase a minha idade era o Hank, e ele estava ocupado demais dançando com a Gisele para falar comigo.

Graças a Deus, lá pelas onze da noite, o papai começou: "Hã... Mia, não é Dia das Bruxas, hoje?"

Eu respondi: "É, sim, pai."

"Não há nenhum outro lugar onde preferia estar?"

Sabe, eu não havia me esquecido do *Rocky Horror*, mas achei que Grandmère ia precisar de mim. Às vezes as coisas de família são mais importantes do que as amizades — até do que o romance.

Só que assim que escutei aquilo, respondi logo: "Hã... sim."

O filme começava à meia-noite no cinema Village, a uns 50 quarteirões de distância dali. Se eu me apressasse, conseguiria chegar a tempo. Bom, o Lars e eu chegaríamos a tempo.

Só havia um problema. Não estávamos fantasiados: no Dia das Bruxas, só deixam a gente entrar no cinema de fantasia.

"Como assim, não está fantasiada?", disse Martha Stewart, que havia entreouvido nossa conversa.

Mostrei-lhe a saia do meu vestido.

"Bom", disse eu, duvidosa. "Acho que poderia passar por Glinda, a Bruxa Boa, mas não tenho varinha. Nem coroa, também."

Não sei se a Martha tinha tomado muitos coquetéis de champanhe, ou se ela é assim mesmo, mas quando eu vi, ela já estava fazendo uma varinha para mim com bastões de cristal para mexer bebidas que amarrou com uns raminhos de hera tirados do arranjo de centro de mesa. Depois fez uma coroa grandona para mim com uns cardápios e uma pistola de cola que tinha na bolsa.

E sabe do que mais? Ficou bom, igual à que aparece em *O mágico de Oz*! (Ela virou a parte impressa dos cardápios para dentro, para não aparecer).

"Pronto", disse Martha, quando acabou. "Glinda, a Bruxa Boa." Olhou para Lars. "E você é mole. Você é o James Bond."

Lars pareceu gostar. Podia-se dizer que ele sempre tinha sonhado em ser agente secreto.

Ninguém ficou mais feliz do que eu, porém. Minha fantasia de que Michael me visse naquele vestido lindo estava para se realizar. Ainda melhor, o traje ia me dar a confiança de que eu precisava para confrontá-lo com a história do Jo-C-rox.

Então, com as bênçãos do papai — teria parado para me despedir de Grandmère, mas ela e o Gerald Ford estavam dançando tango lá na pista (não estou brincando, não) —, eu saí de lá feito um raio...

E tropecei direto num mar de repórteres daqueles bem insistentes.

"Princesa Mia!", berravam. "Princesa Mia, qual sua opinião sobre a fuga da sua mãe?"

Eu estava para deixar o Lars abrir caminho para mim, para podermos entrar na limusine, sem dizer nada aos repórteres. Mas aí tive uma ideia. Agarrei o microfone mais próximo e declarei: "Eu só quero dizer a todos que estão me vendo que a Albert Einstein é a melhor escola de ensino médio de Manhattan, talvez da América do Norte, e que temos um excelente corpo docente, e o melhor corpo discente do mundo, e todos que não reconhecerem isso vão estar simplesmente se enganando, né, sr. Taylor?"

(Sr. Taylor é o pai da Shameeka).

Então empurrei o microfone de volta para o dono e entrei na limusine.

Quase não chegamos a tempo. Primeiro porque, por causa do desfile, o trânsito no centro da cidade estava horroroso. Em segundo lugar, porque a fila para entrar no Village dava a volta no quarteirão! Eu mandei o motorista da limusine ir acompanhando a fila, enquanto Lars e eu examinávamos a variedade de gente na multidão. Foi muito difícil reconhecer meus amigos, porque todos estavam fantasiados.

Mas aí vi um certo grupo de pessoas de aparência realmente esquisita, vestidos com uniformes da Segunda Guerra Mundial. Estavam todos cobertos de sangue falso, e alguns traziam tocos de borracha no lugar dos membros. Estavam carregando um cartaz bem grande onde se lia *O resgate do soldado Ryan*. Perto deles estava uma jovem com uma camisola preta de renda e uma barba postiça. E ao lado dela um rapaz vestido de mafioso, com um estojo de violino na mão.

O estojo de violino é que me chamou a atenção.

"Pare o carro!", gritei.

A limusine parou, e Lars e eu saímos. A menina de camisola falou. "Caramba! Você veio! Você veio!"

Era a Lilly. E perto dela, com um bolo enorme de intestinos saindo do blusão de militar, estava o irmão dela, o Michael.

"Rápido", disse ele ao Lars e a mim. "Entrem na fila. Comprei dois bilhetes extras para o caso de vocês conseguirem chegar, apesar de tudo."

Houve algumas reclamações vindas das pessoas atrás de nós quando Lars e eu furamos a fila, mas ele só precisou virar para mostrar a alça do coldre, e eles ficaram calados bem depressa. A Glock do Lars, até por ser verdadeira, e coisa e tal, era bem assustadora.

"Onde está o Hank?", perguntou Lilly.

"Não deu para ele vir", menti. Não quis lhe contar o motivo. Sabe, da última vez em que o vi, ele estava dançando com a Gisele. Não queria que a Lilly pensasse que o Hank preferia supermodelos a gente, sabe, como nós.

"Ele não pode vir. Beleza", disse Boris, firmemente.

Lilly lançou-lhe um olhar de advertência. Depois, apontando para mim, quis saber: "E que fantasia é essa aí?"

"Ah", disse eu. "Sou a Glinda, a Bruxa Boa."

"Eu sabia", disse Michael. "Você está mesmo... está mesmo..."

Parecia incapaz de continuar. Eu devo, percebi com o coração na mão, estar parecendo mesmo uma babaca.

"Você está glamourosa demais para o Dia das Bruxas", declarou Lilly.

Glamourosa? Bom, glamourosa era melhor do que babaca, acho. Mas por que o Michael não tinha conseguido dizer isso?

Eu a encarei.

"Hã", disse. "E você, do que está fantasiada, exatamente?"

Ela tocou as alcinhas da camisola, depois afofou a barba postiça. "Não sacou?", disse em voz bem sarcástica. "Sou um ato falho!"

Boris mostrou o estojo do violino. "E eu sou o Al Capone", disse ele. "Gângster de Chicago."

"Legal, Boris", disse eu, notando que ele estava de suéter, e, para variar, tinha metido o dito cujo para dentro das calças. Ele não consegue deixar de ser totalmente estrangeiro, acho.

Alguém deu um puxão na minha saia. Olhei em volta, e vi Kenny, meu parceiro de biologia. Ele também estava de farda, sem um dos braços.

"Você conseguiu!", gritou ele.

"Consegui", disse eu. A empolgação no ar foi contagiante.

Então a fila começou a avançar. Os amigos de Michael e Kenny, do Clube do Computador, que formavam o restante do pelotão ensanguentado, começaram a marchar e a cantar: "Up, dois, três, quatro. Up, dois, três, quatro."

Bom, não dá pra evitar. Afinal de contas, eles são do Clube do Computador.

Foi só quando o filme teve início que eu comecei a perceber que havia algo de estranho no ar. Eu espertamente dei um jeito, no corredor, para acabar me sentando ao lado do Michael. Lars devia se sentar do meu outro lado.

Mas de alguma forma afastaram o Lars, e Kenny acabou se sentando do outro lado.

Não tinha lá tanta importância assim... naquele momento. Lars simplesmente se sentou atrás de mim. Eu nem tomei conhecimento do Kenny, muito embora ele ficasse tentando falar comigo, durante a maior parte do tempo sobre biologia. Eu respondia, e tudo, mas só conseguia pensar no Michael. Será que ele pensava mesmo que eu era burra? Quando devia mencionar que eu sabia que ele era o Jo-C-rox? Eu tinha ensaiado todo o meu discurso. Ia ser assim: olha só, tem visto algum desenho animado bom ultimamente?

Fraquinho, eu sei, mas de que outro jeito eu ia trazer o assunto à tona?

Mal podia esperar o fim do filme, para poder lançar minha ofensiva.

O *Rocky Horror*, mesmo quando a gente mal pode esperar que ele acabe, é muito engraçado. Todos agem como lunáticos. As pessoas jogavam pão na tela, e abriam guarda-chuvas quando chovia no filme, e se requebravam. Realmente é um dos melhores filmes de todos os tempos. Quase destrona o *Dirty Dancing* como meu preferido, mas só que ele não tem o Patrick Swayze.

Mas só que eu esqueci que não há cenas que sejam realmente assustadoras. Então não tive uma chance adequada de fingir que estava apavorada para o Michael poder passar o braço atrás dos meus ombros, nem nada.

Coisa chata, se a gente parar para pensar nisso.

Mas, pô, eu afinal tinha conseguido me sentar ao lado dele, não tinha? Durante mais ou menos duas horas. No escuro. Isso já é um começo, não? E ele ficou rindo e olhando para mim para ver se eu estava rindo também ou não. Isso também é importante, não? Quero dizer, quando alguém fica olhando para ver se você acha engraçadas as mesmas coisas que ele acha? Isso certamente é importante.

O único problema é que eu não pude deixar de notar que Kenny estava fazendo a mesma coisa. Sabe, rindo e depois olhando para mim para ver se eu também estava rindo.

Eu devia ter adivinhado.

Depois do filme, todos fomos tomar café da manhã no Round the Clock. E foi aí que as coisas ficaram mais estranhas ainda.

Eu já tinha ido ao Round the Clock antes, é claro — em que outro lugar de Manhattan a gente consegue comer panquecas por dois dólares? —, mas nunca assim tão tarde, e nunca com um guarda-costas. O coitado do Lars já estava caindo pelas tabelas àquela altura. Ficou pedindo xícaras e xícaras de café. Eu fiquei numa mesa, metida entre o Kenny e o Michael — engraçado como isso continuava acontecendo —, com a Lilly e o Boris e o Clube do Computador inteiro ao nosso redor. Todos estavam falando bem alto, ao mesmo tempo, e eu estava com uma enorme dificuldade para imaginar como é que eu ia falar na história do desenho animado, quando, não mais que de repente, Kenny disse, direto no meu ouvido: "Recebeu alguma mensagem interessante ultimamente?"

Infelizmente, foi só aí que eu caí na real.

Eu já devia saber, é claro.

Não tinha sido o Michael. *Michael não era o Jo-C-rox.*

Acho que uma parte de mim já sabia o tempo todo. Quero dizer, Michael não gosta desse negócio de anonimato. Ele não é do tipo que não assina o nome. Acho que eu estava sofrendo de um delírio daqueles bem extremos, ou coisa do gênero.

Um delírio daqueles BEM TERRÍVEIS mesmo.

Porque o Jo-C-rox era o Kenny.

Não é que haja algo errado no Kenny. Não há mesmo. Ele é um cara realmente muito legal. Quero dizer, eu realmente gosto do Kenny Showalter. Gosto mesmo.

Mas ele não é o Michael Moscovitz.

Olhei para o Kenny depois de ele fazer essa pergunta de eu ter recebido alguma mensagem interessante ultimamente, e tentei sorrir. Tentei mesmo.

Disse: "Ah, Kenny. Você é o Jo-C-rox?"

Kenny sorriu.

"Sim", disse Kenny. "Não adivinhou?"

Não. Porque eu sou uma completa idiota.

"Hã-hã", disse eu, me obrigando a sorrir novamente. "Finalmente."

"Ótimo." Kenny parecia satisfeito. "Porque você realmente me faz lembrar da Josie, sabe. Da *Josie e as gatinhas*, quero dizer. Sabe, ela é a cantora principal de uma banda de rock e também resolve casos policiais. É bacana. Como você.

Ai, meu Deus. O *Kenny*. Meu colega de biologia. Um metro e oitenta, totalmente desajeitado, que sempre me dá as respostas do dever de casa. Eu tinha me esquecido de que ele era um tremendo fã de desenhos animados japoneses. Claro que ele assiste ao Cartoon Network. Ele praticamente é viciado nesse canal. *Batman* é seu filme predileto, acima de qualquer outro.

Ai, pelo amor de Deus, alguém me mate. Alguém me mate.

Sorri. Infelizmente meu sorriso foi débil demais.

Mas Kenny nem ligou.

"E sabe, nos últimos episódios", disse Kenny, incentivado pelo meu sorriso, "Josie e as gatinhas vão ao espaço. Então ela também é pioneira da exploração espacial."

Ai, meu Deus do céu, tomara que seja um pesadelo. Por favor, que seja um pesadelo, e que eu acorde e que não seja verdade!

Eu só podia agradecer às minhas estrelas por não ter dito nada ao Michael. Podem imaginar se eu tivesse ido até ele e dito o que planejava dizer? Ele teria achado que eu tinha me esquecido de tomar meus remédios, ou coisa assim

"Bem", disse Kenny. "Quer sair algum dia desses, Mia? Comigo, quero dizer?"

Ai, cara. Eu odeio essas coisas. Odeio mesmo. Sabe, quando as pessoas perguntam "Quer sair comigo qualquer dia desses?", em vez de "Quer sair comigo na próxima terça?" Porque desse jeito a gente pode inventar uma desculpa. Porque a gente sempre pode dizer: "Ah, não, na terça tenho um compromisso."

Mas não dá para dizer: "Não, não quero sair com você NUNCA."

Porque isso seria muita crueldade.

E não dá pra ser cruel com o Kenny. Eu gosto do Kenny. Gosto mesmo. Ele é muito engraçado e carinhoso, essas coisas.

Mas será que quero deixá-lo meter a língua na minha boca?

Não tanto assim.

O que eu podia dizer? "Não, Kenny, não quero sair nunca com você, porque acontece que eu estou apaixonada pelo irmão da minha melhor amiga"?

Não dá para dizer isso.

Bom, algumas garotas dizem.

Mas eu não.

"Claro, Kenny", respondi.

Afinal, que mal haveria em me encontrar com Kenny? O que não mata engorda. É o que Grandmère diz, pelo menos.

Depois dessa, não tive escolha senão deixar o Kenny passar o braço ao redor dos meus ombros — o único que tinha, uma vez que o outro estava firmemente preso sob a farda para lhe dar a aparência de ter sido gravemente ferido em uma explosão de mina.

Mas estávamos tão apertados na mesa, que o braço do Kenny, ao passar por trás dos meus ombros, esbarrou no Michael, e ele olhou para nós dois...

Depois olhou para o Lars, bem de relance. Quase como se... sei lá...

Visse o que estava acontecendo e quisesse que o Lars desse fim àquilo?

Não. Não, é claro que não. Não podia ser.

Mas é verdade que quando viu que o Lars, que estava ocupado pondo açúcar na sua quinta xícara de café da noite, não ergueu o olhar, Michael ficou de pé e disse: "Bom, gente, estou morto. Que tal irmos pra casa agora?"

Todos olharam para ele como se tivesse ficado maluco. Quero dizer, alguns deles estavam terminando de comer ainda, e tudo mais. Lilly até disse: "Que bicho te mordeu, Michael? Precisa pôr seu sono de beleza em dia, é?"

Mas Michael tirou a carteira do bolso e começou a contar o dinheiro para pagar sua parte.

Então me levantei bem depressa e disse: "Eu também estou cansada. Lars, pode chamar o carro?"

Lars, encantado por finalmente poder ir embora, pegou o celular e começou a digitar o número. Kenny, ao meu lado, começou a dizer coisas do tipo "É uma pena você ter que sair tão cedo" e "Então, Mia, posso te ligar?"

Essa última pergunta fez a Lilly olhar de mim para o Kenny e depois para mim outra vez. Depois olhou para o Michael. Aí também se levantou.

"Vamos, Al", disse ela, dando um tapinha na cabeça do Boris. "Vamos estourar essa espelunca."

É claro que o Boris não entendeu. "O que é uma espelunca?", indagou ele. "E por que vamos estourá-la?"

Todos começaram a procurar dinheiro para pagar a conta... E aí me lembrei de que não tinha. Grana, quero dizer. Nem mesmo tinha trazido uma bolsa para pôr o dinheiro dentro. Essa parte do meu traje de casamento a minha avó tinha esquecido.

Cutuquei o Lars e cochichei: "Tem alguma grana aí? Estou meio dura no momento."

Lars fez que sim com a cabeça e pegou a carteira. Foi aí que o Kenny, que notou a cena, disse: "Ah, não, Mia, eu pago suas panquecas."

Essa, obviamente, me deixou completamente apavorada. Eu não queria que o Kenny pagasse minhas panquecas. Nem as cinco xícaras de café do Lars.

"Ah, não", disse eu. "Não precisa."

Mas isso não surtiu o efeito desejado, pois o Kenny disse, todo rígido, "Eu insisto", e começou a jogar dólares na mesa.

Lembrando-me de que eu devia me portar de forma digna,

sendo princesa e tudo mais, respondi: "Bom, então muito obrigada, Kenny."

Então o Lars entregou ao Michael uma nota de vinte e disse: "Para pagar as entradas do cinema."

Só que o Michael não aceitou também — tá legal, era o dinheiro do Lars, mas meu pai o teria reembolsado. Ele fez cara de estar completamente constrangido, e disse: "Ah, não. Faço questão." Mesmo depois de eu tentar convencê-lo de todas as formas.

Então não pude deixar de dizer, "Bom, muito obrigada, Michael", quando o que eu realmente gostaria de dizer era "Me tirem daqui!"

Porque se dois caras estavam pagando a minha conta, era como ter saído com os dois ao mesmo tempo!

Coisa que, de certa maneira, eu tinha feito.

Podem pensar que eu fiquei muito empolgada com isso. Quero dizer, considerando-se que eu não tinha saído ainda com rapaz algum, muito menos *dois* ao mesmo tempo.

Mas não tinha absolutamente *nenhuma* graça. Porque, para começar, eu não queria sair com um deles, de jeito nenhum.

E, além disso, ele era o que tinha confessado gostar de mim... mesmo anonimamente.

Aquele negócio todo era uma tortura, e eu só queria ir para casa, me meter na cama e puxar as cobertas por cima da cabeça, fingindo que nada daquilo tinha acontecido.

Mas não podia fazer isso porque, estando mamãe e o sr. G em Cancún, eu teria que me hospedar no Plaza com Grandmère e o papai até os dois voltarem.

Justamente quando eu achava que as coisas estavam totalmente perdidas, enquanto todos se amontoavam na limusine (bem, alguns pediram carona para casa, e como eu poderia negar?), o Michael, que acabou de pé ao meu lado, esperando a vez de entrar no carro, disse: "O que eu queria te dizer antes, Mia, era que você está... você está..."

Pisquei para ele à luz rosa e azul do letreiro do Round the Clock atrás de nós. É impressionante, mas mesmo banhado em néon rosa e azul, com intestinos falsos saindo de dentro da camisa, Michael ainda estava me parecendo absolutamente...

"Você está muito gata nesse vestido", disse ele, bem depressa.

Sorri para ele, sentindo-me de repente exatamente como a Cinderela... Sabem, no fim do filme da Disney, quando o Príncipe Encantado finalmente a encontra e calça nela o sapatinho, e os farrapos dela se transformam no vestido de baile outra vez, e todos os ratinhos aparecem e começam a cantar?

Foi assim que me senti, só por um segundo.

Aí uma voz bem atrás de mim disse:

"Como é, vocês não vão entrar?" E ao olharmos vimos Kenny enfiando a cabeça e o braço não decepado pelo teto solar da limusine.

"Hã", disse eu, me sentindo totalmente envergonhada. "Vamos."

E entrei na limusine como se nada tivesse acontecido.

E na verdade, se parar para pensar, nada aconteceu, mesmo.

Só que pelo caminho inteiro de volta para o Plaza, uma vozinha dentro da minha cabeça repetia: "Michael disse que eu estava uma gata, Michael disse que *eu* estava uma gata, *Michael* disse que eu estava uma gata."

E sabem de uma coisa? Talvez o Michael não tenha escrito aquelas mensagens. E talvez ele não me ache a garota mais Josie da escola.

Mas ele achou que eu estava muito gata naquele vestido rosa. E é só isso que me importa.

E agora estou sentada aqui na suíte do hotel de Grandmère, cercada por pilhas de presentes de casamento e de bebê, com o Rommel tremendo na outra extremidade da cama de suéter, de caxemira rosa. Eu devia estar escrevendo mensagens de agradecimento, mas obviamente estou escrevendo no meu diário em vez disso.

Mas ninguém parece ter notado. Acho que é porque Mãezinha e Paizinho estão aqui. Passaram para se despedir no caminho para o aeroporto antes de pegar o avião de volta para Indiana. Neste exato momento, minhas duas avós estão fazendo listas de nomes de bebês e discutindo quem vão convidar para o batizado (ah, não, outra vez, não), enquanto meu pai e o Paizinho estão falando de rotação de alturas, pois esse é um tópico importante tanto para os fazendeiros de Indiana quanto para os produtores de azeitonas de Genovia. Mesmo que, naturalmente, Paizinho tenha uma loja de ferragens e o Papai seja príncipe. Mas deixa pra lá. Pelo menos estão *conversando*.

Hank está aqui também, para se despedir e para tentar convencer seus avós de que não estão errados deixando-o aqui em Nova York — embora, para dizer a verdade, ele não esteja se esforçando muito, porque não parou de atender o celular um só segundo desde que chegou. A maioria das ligações parece ser de damas de honra do casamento de ontem.

E estou pensando que, no fim das contas, as coisas não estão tão mal assim. Quero dizer, vou ganhar um irmão ou irmã e consegui não só um padrasto que é excepcionalmente bom em álgebra, mas também uma mesa de totó.

E o meu pai provou que há pelo menos uma pessoa neste planeta que não tem medo de Grandmère... E até Grandmère parece um pouco mais afetuosa do que o normal, apesar de não ter conseguido ir a Baden-Baden.

Muito embora ela ainda não esteja falando com meu pai, a não ser quando tem absoluta necessidade disso.

E, sim, é verdade que hoje, mais tarde, vou me encontrar com o Kenny no Village para uma maratona de desenhos animados japoneses, uma vez que eu disse que ia e tal.

Mas depois disso vou à casa da Lilly, e vamos trabalhar no programa da semana que vem, que é sobre lembranças reprimidas. Vamos tentar hipnotizar uma à outra, e ver se conseguimos nos lembrar de nossas vidas passadas. Lilly está convencida, por exemplo, de que em uma de suas vidas passadas ela foi Elizabeth I.

Sabe de uma coisa? Eu, pelo menos, acredito nela.

Bom, depois disso, vou passar a noite lá na casa da Lilly, e vamos alugar *Dirty Dancing* e assistir à la *Rocky Horror*. Pretendemos gritar respostas às falas dos atores e jogar coisas na tela.

E há uma chance muito grande de que, amanhã pela manhã, o Michael venha para a mesa de café dos Moscovitz só de calças de pijama e roupão, e se esqueça de amarrar o roupão, como já fez uma vez.

Isso daria um momento muito profundo, se querem saber.

*Muito* profundo mesmo.

Este livro foi composto na tipologia Lapidary 333,
em corpo 12/17, e impresso em papel off-white 80g/m²
no Sistema Cameron da Divisão Gráfica
da Distribuidora Record.